La increíble historia de...

David Walliams

La increíble historia de...

EL SLIME GIGANTE

Ilustraciones de
Tony Ross

Traducción de
Rita da Costa

montena

La increíble historia del slime gigante

Título original: *Slime*

Primera edición en España: abril, 2021
Primera edición en México: julio, 2021

D. R. © 2020, David Walliams

D. R. © 2021, Penguin Random House Grupo Editorial, S. A. U.
Travessera de Gràcia, 47-49, 08021, Barcelona

D. R. © 2021, derechos de edición mundiales en lengua castellana:
Penguin Random House Grupo Editorial, S. A. de C. V.
Blvd. Miguel de Cervantes Saavedra núm. 301, 1er piso,
colonia Granada, alcaldía Miguel Hidalgo, C. P. 11520,
Ciudad de México

penguinlibros.com

D. R. © 2021, Rita de Costa, por la traducción
D. R. © 2020, Tony Ross, por las ilustraciones
D. R. © 2020, Quentin Blake, por el *lettering* del nombre del autor en la portada

ISBN: 978-607-380-312-0

Impreso en México – *Printed in Mexico*

Para Dante, el más genial de los chicos
sobre dos ruedas.

AGRADECIMIENTOS
ME GUSTARÍA DAR LAS GRACIAS A:

ANN-JANINE MURTAGH
Mi editora ejecutiva

CHARLIE REDMAYNE
Director General de Harper Collins

TONY ROSS
Mi ilustrador

PAUL STEVENS
Mi agente literario

HARRIET WILSON
Mi correctora

KATE BURNS
Editora gráfica

SAMANTHA STEWART
Directora editorial

Esta historia transcurre en Estiércol, una pequeña isla habitada por grandes personajes...

Les presento a **NED**, un chico de once años brillante y divertido. Como las piernas no le funcionan desde que era un bebé, Ned usa una silla de ruedas para desplazarse veloz como el viento por la isla de Estiércol.

JEMIMA es la hermana mayor de Ned. Lo que más le gusta en la vida es hacerle bromas pesadas a su hermano pequeño.

He aquí a los **PAPÁS DE NED**: él es pescador y se pasa el día en altamar, a bordo de su barco. Ella se pasa el día en el mercado de la isla, vendiendo el pescado que trae su marido.

SIR RAIMUNDO IRACUNDO es el director de la antigua escuela de Ned, el Colegio Estiércol para Niños Insufribles. Ned no va a la escuela porque sir Raimundo lo expulsó en uno de sus célebres arrebatos de ira.

El SEÑOR ANSIAS es el subdirector del Colegio Estiércol para Niños Insufribles. Lo que más ansía en el mundo es llegar a ser el director de la escuela.

EDMUND Y EDMOND ENVIDIA poseen la única juguetería de la isla, conocida como Galerías Envidia. Los terribles gemelos detestan a los niños por la sencilla razón de que son jóvenes, y hacen cuanto pueden para que los pobrecillos salgan de la tienda llorando desesperados.

MADAME OLGA HOLGAZANA es la profesora de piano más floja del mundo. Le pagan una fortuna por enseñar a los niños a tocar el piano, pero se pasa el rato dormitando en el sofá y echándose unas flatulencias ESTRUENDOSAS.

El CAPITÁN FANFARRÓN es el vigilante del parque de la isla. El parque público es el gran orgullo de este antiguo oficial del ejército. Tanto así que no deja que nadie ponga un pie en él. Y menos aún los niños, esas criaturas insoportables que pisotearían su precioso césped.

GLEN y **GLENDA GLOTÓN** son propietarios de la única heladería sobre ruedas de la isla, Helados Glotón. Es la única porque ellos se han encargado de eliminar a la competencia destrozando los camiones de sus rivales. Son tan malvados que se quedan con el dinero de los niños sin darles a cambio los helados prometidos y luego se dan a la fuga para zampárselos ellos todos.

AVA AVARICIA es la tía multimillonaria de Ned y Jemima, dueña absoluta de la isla de Estiércol. La vieja dama vive sola en un castillo levantado en lo alto de una colina desde la que se domina toda la isla. Su única compañía son sus más de cien gatos, que se llaman todos Chiquitín.

CHIQUITÍN GRANDULÓN es el gato más corpulento de la tía Ava. Es grande y pesado como un oso, y da muchísimo más miedo.

Y por último, mas no por ello menos importante,
he aquí a **SLIME**.

Sé lo que se estarán preguntando, y la respuesta es sí: Slime está vivito y coleando. Es una criatura que tiene el don de cambiar de forma o **translimorfarse** en CUALQUIER COSA que se te ocurra.

Pero ¿es Slime una criatura
BUENA o MALVADA?
Tendrán que seguir leyendo para averiguarlo...

RAJ el quiosquero no vive en Estiércol.

Prólogo

BREVE
HISTORIA DEL
SLIME

SLIME es uno de los grandes misterios de la humanidad, si no el más grande.

STONEHENGE

PIRÁMIDES

Nada tiene que envidiar a los megalitos de Stonehenge, las pirámides de Egipto o el mismísimo monstruo del lago Ness.

El SLIME.
¿Qué es?
¿Dónde está?
¿Quién es?
¿Cómo es?
¿Y por qué?

MONSTRUO DEL LAGO NESS

SLIME

Los niños quieren saber de dónde sale el SLIME. Y los adultos si alguna vez se irá por donde vino.

Por primera vez en la historia, se arrojará luz sobre la leyenda del SLIME. Todo quedará revelado en este libro, que tal vez sea el más importante jamás escrito.*

Algunos expertos creen que la aparición del SLIME se remonta a millones de años atrás.

Su teoría es que, cuando la Tierra se creó, no era sino un inmenso mar de SLIME. De ese SLIME surgió más SLIME, que a su vez generó todavía más SLIME. Y, por supuesto, todo ese SLIME dio origen a mucho más SLIME, que permaneció enterrado en las profundidades de la Tierra durante millones de años... hasta ahora.

Otros dan por sentado que, en el inicio de los tiempos, un gigantesco meteorito de SLIME se estrelló contra la Tierra. Al hacerlo, toneladas de litros de SLIME volaron por los aires, sepultando a todo bicho viviente bajo una gruesa capa de SLIME. Eso explicaría por qué desaparecieron los dinosaurios, SLIMEXTINGUIDOS sin compasión.

---

* Palabra real como la vida misma que encontrarán en el **Walliamsionario**, el mejor diccionario de todos los tiempos.

Otra teoría sostiene que, hace muchos, muchos, pero

ALIENÍGENAS DE SLIME

muchos años, unos alienígenas de SLIME, procedentes de un planeta hecho todo él de SLIME (el planeta SLIME), llegaron a la Tierra en una

nave espacial hecha de SLIME y enseñaron a las primeras civilizaciones todos los secretos del SLIME.

Cómo hacer edificios de SLIME.

Las mejores recetas con SLIME.

Y, lo más importante de todo, cómo tejer calcetines de SLIME.

CIUDADES DE SLIME

Luego los alienígenas de SLIME se subieron a su nave espacial de SLIME y volvieron zumbando a su planeta de SLIME.

Y nunca más se acercaron a la Tierra, pero dejaron el secreto del SLIME a la especie humana, para que los niños pudieran atormentar a los adultos con él para siempre.

Pero todas estas teorías están equivocadas.

En realidad, el SLIME se originó hace más de cincuenta años en una isla remota, más concretamente LA ISLA DE ESTIÉRCOL, que se halla en medio del Gran Mar del Nordestesudoeste, entre las islas de Papanatas y Pestilencia.

¿Que cómo lo sé?
Porque lo acabo de inventar.

Capítulo 1
ESTIÉRCOL

La pequeña **ISLA DE ESTIÉRCOL** tenía menos de mil habitantes. Concretamente, **999**. Ya les dije que eran menos de mil.

Uno de esos **999** habitantes era un chico llamado Ned, que no es la forma abreviada de ningún nombre, dicho sea de paso. Se llamaba así y punto. Ned tenía once años. Había nacido en **ESTIÉRCOL** y, como la mayoría de los habitantes de la isla, nunca había salido de ella.

Decir que Ned era un chico común y corriente sería engañarlos, porque en realidad era un chico **extraordinario**. Había nacido con un par de piernas que no funcionaban. No podía dar ni un paso, así que le buscaron una vieja silla de ruedas oxidada que pronto aprendió a dominar. No era raro verlo circulando a gran velocidad en su vehículo, haciendo todo tipo de maniobras —¡e incluso el sin manos!— para deleite de sus amigos.

—¡Abran paso, que *ALLÁ VOY!* —exclamaba al pasar como una exhalación.

Ned vivía en una pequeña casa destartalada al borde de un acantilado, sobre el mar de aguas turbulentas que rodeaba la isla.

Los padres de Ned trabajaban de sol a sol y casi nunca estaban en casa. Su padre era pescador, así que se pasaba el día en el mar, a bordo de su barco. La madre de Ned se encargaba de vender el pescado en el mercado local. La única especie que habitaba las aguas de la **ISLA DE ESTIÉRCOL** era el llamado pez zapato, que como su nombre indica tenía forma de zapato.

No sólo tenían aspecto de zapato, sino también un sabor que recordaba mucho al de los calcetines usados. Pero los isleños se habían acostumbrado a ese sabor, pese a ser repulsivo, porque no tenían alternativa.

Ni que decir tiene que los padres de Ned APES-TABAN a pescado. Pero el chico apenas los veía porque se pasaban todo el día trabajando.

Ned no tenía más remedio que quedarse en casa con su hermana mayor, Jemima, que le tenía una tirria tremenda porque estaba convencida de que, al ser el más pequeño de los dos, acaparaba toda la atención de sus padres.

A Jemima le gustaba ponerse vestiditos *floreados* que combinaba con un par de enormes botas con **CASCO DE ACERO**, las cuales usaba sin temor a dar patadas.

La tía de Ned era la dueña de la **ISLA DE ESTIÉRCOL**. Se llamaba Ava Avaricia y era la hermana mayor de su madre. En lo alto de una colina desde la que se dominaba toda la isla, se erguía el **CASTILLO CLAN DEL COLMILLO**, la inmensa fortaleza medieval donde vivía la gran dama. Nada que ver con la diminuta casucha que Ned compartía con su familia.

Ava Avaricia vivía sola en el castillo por su propia voluntad, sin más compañía que la de sus **101 gatos**, fieras salvajes que usaba para ahuyentar a los niños, esos mocosos insoportables.

La mujer odiaba a todos los niños, y especialmente a su pobre sobrino Ned. La tía Ava jamás había movido un solo dedo para ayudarlo. En su opinión, los niños estropeaban la **ISLA DE ESTIÉRCOL** con sus juegos, su parloteo y, lo peor de todo, su mal olor.

Y eso que la tía Ava apestaba a pipí de gato, así que no era la más indicada para quejarse del mal olor ajeno.

Como la **tía Ava** era dueña de toda la isla, tenía mucho poder sobre todos sus habitantes y solía premiar a los adultos que odiaban a los niños casi tanto como ella.

Uno de esos adultos era **sir Raimundo Iracundo**, un señor amargado al que Ava nombró director de la única escuela de la isla, el **COLEGIO ESTIÉRCOL PARA NIÑOS IN-SUFRIBLES**. Lo único que le daba placer era expulsar a los alumnos de la escuela. Como tantos otros, Ned había sufrido ese castigo.

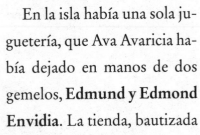

En la isla había una sola juguetería, que Ava Avaricia había dejado en manos de dos gemelos, **Edmund y Edmond Envidia**. La tienda, bautizada

como GALERÍAS ENVIDIA, no era sino el gancho que usaban los hermanos para atraer y aterrorizar a los niños. En su última visita a la juguetería, Ned había tenido una experiencia especialmente espantosa.

Otra habitante destacada de Estiércol era **madame Olga Holgazana**. Supuestamente, daba clases de piano, pero en realidad era demasiado floja para enseñar nada a los niños. Holgazana era una virtuosa de la crueldad. Ned tuvo la desgracia de ser alumno suyo, y no pueden imaginar la que se armó el día que se le ocurrió quejarse.

El **capitán Fanfarrón** era un oficial muy estricto al que Ava Avaricia había nombrado vigilante del parque de Estiér-

col. El capitán se encargaba de que nadie disfrutara del único parque público de la isla, y menos aún los niños como Ned.

Los heladeros **Glen y Glenda Glotón** se aseguraban de que los pequeños isleños nunca disfrutaran de un buen helado. La malvada pareja *daba vueltas* por la isla con su camión, buscando niños a los que estafar. Les recibían el dinero y luego se largaban en el camión sin darles nada a cambio.

Si los Glotón vivieran en cualquier otro lugar del mundo, ya estarían tras las rejas, pero Ava Avaricia disfrutaba con sus fechorías y se encargaba de que nunca respondieran ante la justicia, aunque la víctima fuera su propio sobrino.

Así que, como ven, en la isla había un buen puñado de adultos espantosos... y una niña que tampoco se quedaba atrás.

El pobre Ned estaba emparentado con ella.

De hecho, era su hermana.

Capítulo 2
UN DEMONIO DE NIÑA

El pasatiempo preferido de Jemima, la hermana de Ned, era hacerle bromas pesadas a su hermano pequeño, travesuras con las que se reía para sus adentros durante horas.

—¡JI, JI, JI!

Aquella risita suya no era un sonido **alegre**, sino de lo más **siniestro**, como si Jemima disfrutara siendo un demonio de niña.

Las bromas pesadas que le hacía a su hermano eran de lo más cruel:

Le metía por dentro del pantalón de la pijama gusanos vivos que se meneaban sin parar.

—¡QUÍTAMELOS!

Le cambiaba el tubo de pasta de dientes por uno de pegamento para que se le quedaran los dientes pegados.

—¡MMM!

Vaciaba el frasco de su mermelada preferida y lo llenaba con avispas machacadas.

—¡PUAJ!

Pintaba de un rosa chillón absolutamente todo lo que había en la habitación de su hermano: las paredes, el suelo, el techo, los juguetes, la ropa e incluso su mascota, un jerbo.

—¡NOOOOOO!

Escondía una gran araña **peluda** a los pies de su cama para que le mordisqueara los dedos de los pies.

—¡CACHIS! ¡AAAY!

Espolvoreaba polvos picapica en el asiento del escusado para que se le pusiera el trasero al rojo vivo y pegara un brinco apenas se sentara.

Cambiaba los cacahuates recubiertos de chocolate que tanto le gustaban por popó de jerbo.

—¡PUAAAJ!

Se pasaba una semana echándose pedos en un viejo cofre de madera que luego dejaba abierto en el cuarto de Ned para que el pobre respirara aquella FLATIDEZ* insoportable.

—¡¡¡QUÉ PESTEEEEEE!!!

Sin embargo, nada de todo esto podía compararse siquiera con la horrible travesura que Jemima tenía planeada.

---

* Otra palabra real como la vida misma que encontrarán sin esfuerzo alguno en el Walliamsionario.

Capítulo 3
MUGRE

Jemima disfrutaba la clase de cosas que por lo general dan mucho ASCO. No sólo arañas y gusanos, sino también cosas **BABOSAS**. Escondía **mugre** en frascos de cristal repartidos por todos los rincones de la casucha familiar.

Cosas que uno podría encontrar debajo de una piedra. Cosas que uno podría encontrar en el fondo de un estanque. Cosas que uno podría encontrar en el tubo del desagüe.

Jemima recogía cualquier sustancia repugnante que encontraba y la metía en un frasco. Con el tiempo, llegó a reunir cientos y cientos de frascos con todas las variedades de **mugre** imaginables. Cada frasco tenía una etiqueta para que Jemima recordara qué había dentro. ¡Se me ponen los pelos de punta sólo de pensar cómo se las ingeniaría para recoger algunas de aquellas cosas repugnantes que nadie en su sano juicio se atrevería a tocar!

A los pies de cada armario, en el fondo de cada cajón, bajo los tablones del suelo había frascos y frascos y más frascos.

Jemima los estaba almacenando en la casa familiar porque quería hacerle una broma pesada **MONUMENTAL** a su hermano pequeño.

Una barrabasada que lo haría chillar hasta desgañitarse.

—¡¡¡AAARRRGGGHHH!!!

Sus berridos resonarían a lo largo y ancho de la **ISLA DE ESTIÉRCOL** por siempre jamás.

Jemima se dormía riendo para sus adentros mientras repasaba su diabólico plan.

—¡JI, JI, JI!

Pero había un pequeño problema.

Su hermano se las olía.

Capítulo 4
MOCOS DEBAJO DE LA CAMA

Ned encontró los frascos. Sólo uno, al principio. Verán, estando profundamente dormido, el chico rodó y se cayó de la cama en plena noche.

¡PUMBA!

—¡AAAY!

Al caerse, se despertó. Justo cuando estaba a punto de levantarse, se fijó en algo que relucía bajo la cama en medio de la oscuridad.

Alargó la mano y se dio cuenta de que era un frasco. La etiqueta, escrita a mano con la letra casi incomprensible de su hermana, decía simplemente **MOCOS**. Al observarlo más de cerca, comprobó que, en efecto, el frasco estaba lleno a rebosar de **mocos secos**. Se parecían mucho a los de Jemima. A lo largo de los años, la había visto sacarse, comerse y arrojarle tantos mocos que los reconocía al primer vistazo. Los mocos de su hermana eran de un tono verde tirando a café.

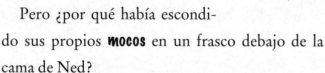

Ned supo al instante que Jemima se traía algo entre manos.

Pero ¿por qué había escondido sus propios **mocos** en un frasco debajo de la cama de Ned?

El chico levantó el cubrecama y vio que aquel era tan sólo uno del centenar aproximado de frascos que había allí abajo..., llenos de cosas asquerosas. Según iba leyendo las etiquetas, se le pusieron los ojos como platos.

Uno tras otro, Ned sacó todos los frascos de debajo de la cama, teniendo la precaución de no dejar que chocaran entre sí, pues el tintineo del cristal habría despertado a su malvada hermana, que dormía en la habitación contigua.

Luego se subió como pudo a su destartalada silla de ruedas y se fue en busca de más frascos.

Lo bueno de moverte sobre ruedas es que puedes ir y venir sin hacer ruido y sin que nadie se percate de tu presencia. Siempre y cuando no tropieces con los muebles, claro está.

¡CLONC!

Ni atropelles al gato.

— ¡MIAU!

Ned pasó por delante de la habitación de su hermana y se dirigió a la sala de estar. «Veamos —pensó—, ¿dónde pudo haber escondido más frascos?»

La respuesta era... *¡por todas partes!*

Había frascos, frascos y **más** frascos de cosas asquerugnantes* escondidas por toda la sala.

---

* Ya se están tardando en comprar el Walliamsionario, se los digo en serio.

Detrás de
las cortinas

Debajo del sofá

En lo alto del
librero

Dentro del
aparador

Debajo de
los cojines

Detrás de la maceta

Dentro de la pantalla
de la lámpara

Bajo la mesita
de centro

En la cocina pasaba lo mismo. Y en el pasillo.

Al pasar por delante del armario de la caldera, Ned oyó una especie de gorgoteo.

¡BRLUP, BRLUP, BRLUP!

Al abrir el armario, el chico vio frascos y más frascos de los que rezumaba una especie de menjurje asqueroso. El calor de la caldera había hecho que la **mugre** fermentara. Lo raro era que ninguno de los frascos hubiera explotado.

Como los frascos anteriores, también estos estaban etiquetados y llenos de sustancias extrañas, de lo más inquietantes.

¿Qué era todo aquello?

Y más importante aún, ¿qué pensaba hacer Jemima con tanta porquería?

El chico se acercó a la habitación de sus padres y miró por la rendija de la puerta. No había nadie en la cama. Aún no había amanecido y ya se habían ido los dos a trabajar. Seguro que su padre estaba navegando mar adentro y su madre montando el puesto del mercado. Una breve inspección de su ropero reveló que también allí se acumulaban frascos, frascos y más frascos.

—Aquí hay gato encerrado —se dijo.

Luego volvió al pasillo y puso rumbo a la habitación de su temible hermana.

¡TRAS, TRAS, TRAS!, traqueteaban las ruedas de la silla a su paso.

Ned estaba seguro de que la respuesta a todas sus preguntas estaba detrás de esa puerta, así que aguzó el oído.

¡JJJJRRRRRR!... ¡PFFF!... ¡JJJJRRR!... PFFF...

Jemima dormía a pierna suelta, roncando como un mamut.

El letrero de la puerta de su habitación decía:

Prohibidísimo PASAR. ¡Quien entre sin permiso se llevará una buena PATADA EN EL TRASERO!

Era la gran oportunidad de Ned. El chico respiró hondo, abrió la puerta lo más sigilosamente que pudo...

¡CLIC!

... y entró con la silla de ruedas en la habitación.

¡TRAS, TRAS!

Hacía años que Jemima no dejaba que nadie entrara en su habitación, y ahora entendía por qué. ¡Estaba abarrotada de frascos, frascos y más frascos de **mugre**! Allí dentro debía de haber miles y miles de tarros que llenaban las paredes desde el suelo hasta el techo. Por eso había tenido que esconderlos por toda la casa, ¡porque ya no

cabían en su habitación! ¡Era un milagro que pudiera entrar y salir!

Jemima seguía durmiendo, y Ned se fijó en que no se había quitado las botas con **CASCOS DE ACERO** para meterse en la cama. Miró a su alrededor en busca de pistas. Tenía que haber algo allí que explicara qué pensaba hacer con todos aquellos frascos de **mugre**.

En un rincón se apilaban sus libretas de ejercicios. Ned sabía que su hermana no daba una en la escuela, así que le sorprendió lo desgastadas que parecían. Tomó una y, al hojearla, descubrió que no estaban llenas de ejercicios... ¡ni mucho menos!, sino de planes para la diabólica broma que estaba a punto de hacerle...

Capítulo 5
EL BAÑO DEL TERROR

Ned se quedó pasmado ante aquel horror indescriptible.

Las palabras y dibujos de las libretas detallaban los escalofriantes planes de Jemima con pelos y señales.

¡Conque esto era lo que andaba tramando su desalmada hermana!

Había listas, calendarios, gráficos, diagramas y hasta un folioscopio de lo que tenía pensado hacer.

Se titulaba:

Regalo sorpresa para Ned

Y daba la casualidad de que su cumpleaños era... ¡AL DÍA SIGUIENTE!

Una vez al año, coincidiendo con su aniversario, Ned se daba un baño.*

Verán, en la casa familiar sólo había suficiente agua caliente para un baño al día y, por supuesto, Jemima siempre ocupaba hasta la última gota. No era de extrañar que sus padres apestaran a pescado.

El único día que la niña renunciaba a su baño era el cumpleaños de su hermano pequeño. En esa fecha señalada, obligada por sus padres, Jemima daba su brazo a torcer y dejaba que el pequeño y APESTOSO Ned se diera un remojón anual.

El plan de Jemima para el cumpleaños de Ned consistía en llenar la bañera con toda la **mugre** que había ido guardando en frascos. Los vaciaría uno tras otro para llenarla hasta el tope. Luego cubriría la superficie de aquel menjurje con una

---

* Ya sé que un baño al año puede parecer poco. A mí, en cambio, me gusta bañarme por lo menos un par de veces al año. A no ser que esté tan limpio que no haga falta. A veces también me lamo, como los gatos.

capa de burbujas de jabón para que Ned no viera el horror que acechaba debajo.

El baño del terror.

En su libreta había incluso un diagrama recortado que mostraba la capa oculta de **mugre**.

Burbujas de jabón

Agua

Mugre

Jemima sabía que su hermano no sospecharía nada. Al fin y al cabo, ¡era su regalo de cumpleaños! Creyendo que lo esperaba un maravilloso baño de espuma, Ned se metería en la tina y EN-TONCES...

—¡AAARGH! —gritaría al verse cubierto de **mugre**.

Horrorizado, Ned dejó caer la libreta al suelo.

¡CLONC!

Su hermana se removió en la cama.

El chico contuvo la respiración.

Entonces Jemima se dio la vuelta y siguió durmiendo como un tronco.

—¡JJJJRRRRRR!... ¡PFFF!... ¡JJJJRRR!...
PFFF...

Con mucho cuidado, Ned se propuso salir de
la habitación sin despertarla. Tenía que girar la silla de ruedas, y con tantos frascos apilados por todas partes, apenas había espacio para maniobrar.

¡ÑIQUI, ÑIQUI, ÑIQUI!

Y entonces... ¡CALAMIDAD!

¡CLONC! ¡CLINC! ¡CLANC!

El reposapiés de su silla de ruedas golpeó
uno de los frascos que había en el suelo, sobre
el que se apilaban unos cincuenta frascos más.

Ned alargó la mano para impedir que cayera,
pero demasiado tarde: la pila de frascos empezó a
desmoronarse. ¡CLONC!

¡ZAS! ¡CATAPLUM!

¡El frasco más alto de la pila iba derecho hacia Jemima!

Mientras caía al vacío, fue como si el tiempo se acelerara y detuviera a la vez.

Ned lo atrapó cuando estaba a un milimilimi-

¡ZAS!

límetro de **ESTRELLARSE** contra la cabeza de su hermana.

Por más que le apeteciera ver cómo un frasco de ESCUPI-TRACA (quién sabe lo que sería) golpeaba a Jemima en toda la frente, no era el momento adecuado.

Porque eso estropearía la sorpresa que él le tenía preparada...

Y es que en ese preciso instante se le ocurrió una idea.

¡ C H A S !

Una idea tan sencilla que era genial. Sencillamente genial y genialmente sencilla. O sea, **GENCILLA.***

---

* En su *Walliamsionario* hallarán una definición más detallada.

¡A Jemima le saldría el tiro por la culata!

La niña se daba un baño todos los días por la mañana (salvo el día del cumpleaños de su hermano, a ver si prestamos atención), así que Ned iba a hacerle **EXACTAMENTE** lo que ella planeaba hacerle a él. ¡Sufriría el **baño del terror** en carne propia!

Ned reunió todos los frascos de **mugre** que encontró por la casa y se los llevó al baño.

Una vez dentro, cerró la puerta con seguro.

¡CLIC!

Lo último que quería era que Jemima lo interrumpiera antes de que su **baño del terror** estuviera listo.

—¡Ja, ja! —reía para sus adentros.

Fuera seguía oscuro, pero el sol empezaba a despuntar y los pajaritos rompían el silencio con sus trinos.

—¡PIU, PIU, PIU!

Uno tras otro, Ned abrió los frascos de **mugre** y los vertió en la tina.

¡SPLASH! **¡PLAF!**

¡CHOF!

Había...

mugre CAFÉ

mugre amarilla

mugre negra

mugre ESPESA

mugre LÍQUIDA

mugre morada

mugre EFERVES-CENTE

mugre burbu-jeante

mugre CALIENTE

mugre helada

Mugre para todos los gustos (es un decir).

Litros y litros de **mugre**.

Tanta que Ned no tardó en tener la tina re-pleta.

Después de pasar lo que parecía una eternidad buscando, transportando y abriendo frascos de mugre, el chico estaba agotado. Se sentó un momento para recuperar el aliento, sin darse cuenta de lo que pasaba a su espalda.

¡BLORP, BLORP!

Lo que había en la tina, fuera lo que fuera, estaba...

¡cobrando vida...!

Capítulo 6
EL MONSTRUO DE MUGRE

Los distintos tipos de **mugre** se arremolinaban en la tina, formando un oleaje que amenazaba con desbordarse.

¡SPLASH!

Las olas subían, subían, subían...

¡CHAS!

... y luego bajaban, bajaban, bajaban.

¡ C H O F !

Ned se dio la vuelta y se topó con una escena espeluznante. Abrió la boca para gritar, pero no logró articular sonido alguno.

La tina albergaba una tormenta de **mugre**.

¡SPLASH, CHAS, CHOF!

La **mugre** salpicaba y lo estaba ensuciando todo.

¡PLAS, PLIC, PLOF!

¡El lavamanos, el escusado, hasta el propio Ned, todo estaba de lo más **MUGRIENTO**!

Cuando lo había dejado todo bien embarrado, la **mugre** se despegó de las superficies como por arte de magia y, ¡ALEHOP!, volvió a formar una masa compacta.

¡ZAS!

Y fue entonces cuando la **mugre** empezó a cobrar forma.

Primero se transformó en un huevo gigante. La clase de huevo que habría puesto un dinosaurio. El huevo rebotó arriba y abajo...

¡BOING! ¡BOING! ¡BOING!

... y acabó estrellándose contra la pared del cuarto de baño.

¡CATAPLÁN!

La capa externa se resquebrajó como una cáscara de huevo y de su interior brotó un chorrito de menjurje. Entonces aquella masa viscosa empezó a crecer y crecer hasta convertirse en una montaña de **mugre**.

¡¡¡ *TACHÁN!!!*

¡No, era un volcán!
¡Un **volcán** en erupción!
Sólo que no escupía lava a presión, sino... a ver si lo adivinan...,
¡mugre! ¡CATAPLUM! ¡CHOF!

El chorro de **mugre** cubrió todo el techo del baño y luego resbaló por las paredes hasta el suelo, donde tomó la forma de un **elefante**.
—¡HIII! —barritó el animal.

¡Luego se convirtió en un tiburón!

— ¡ÑACA!

¡No, en un pájaro!

¡FLIP, FLAP!

El monstruo de **mugre** nadaba y volaba a la vez.

¡PLUP, FLAP! ¡PLUP, FLAP!

El chico lo miraba boquiabierto.
     ¡Vaya espectáculo! ¡Y sólo
     para sus ojos!
     A continuación, el
monstruo de mugre adoptó la
forma de unos fuegos artificiales
y estalló en miles de pedacitos.

¡BUUUM!
¡BUUUM!
¡BUUUM!

—¡Oh, no! —exclamó el chico—. ¿Qué demonios hice?

Capítulo 7
UN PEGOSTE PEGOSTEADO

Lo que Ned hizo ese día cambió el rumbo de la historia para siempre.

Al mezclar mil frascos distintos de **mugre**, había creado un nuevo tipo de materia.

El mundo nunca volvería a ser el mismo.

Aquella cosa era grande. ¡Qué digo grande! ¡Era enorme! O incluso inmensa. Era, en una palabra, ¡GRANORMENSA!*

---

* Dícese de algo desmesuradamente grande. Si tuvieran el Walliamsionario, lo sabrían.

La masa de slime empezó a dar vueltas y más vueltas alrededor de Ned, que ni siquiera se atrevía a pestañear.

¡*ZAS!*

Era un torbellino de slime.

¡Un **SLORBELLINO!***

---

* Si abren el **Walliamsionario** por la «S» encontrarán una definición más precisa.

«¡MECACHIS! —pensó Ned—. ¡Esta cosa va a acabar conmigo!»

Cerró los ojos con fuerza y gritó:

—¡BASTA!

Y entonces pasó algo de lo más extraordinario.

El torbellino de slime se puso boca abajo y se colgó del techo.

¡CHUAC!

Entonces empezó a **escurrirse** hacia el suelo, acercándose al chico.

Según lo hacía, iba tomando forma.

No era exactamente una forma humana, sino más bien un **pegoste** de slime sobre otro **pegoste**, sobre otro **pegoste**.

Será más fácil si les enseño. Era algo así...

Una especie de **pegoste pegosteado y pegostífero*** que colgaba boca abajo del techo.

---

* Según el **Walliamsionario**, dícese de algo muy, pero que muy, muy, muy, MUY pegostoso.

Una enorme cara de slime lo miraba directamente a los ojos.

—**¡Buenos días!** —saludó la criatura a todo pulmón.

El chico miró a su alrededor, alarmado.

Pero no había nadie más en el cuarto de baño.

¡Aquella cosa le estaba hablando!

—**¡Dije buenos días!** —tronó de nuevo.

Para estar hecho de slime, tenía un tono de voz de lo más pomposo, como si perteneciera a la realeza. Algo bastante improbable, la verdad. No me consta que haya ningún miembro de la familia real hecho exclusivamente de slime.

—¿Q-q-quién eres? —farfulló Ned. El chico temblaba de miedo.

—**Lo que tú quieras que sea** —replicó la criatura.

Dicho lo cual, se desplazó por el techo haciendo un ruido como de succión.

¡CHUAC! ¡CHUAC! ¡CHUAC!

Acto seguido, empezó a bajar por la pared usando su trasero gelatinoso a modo de ventosa.

¡CHUAC! ¡CHUAC! ¡CHUAC!

Al poco rato, la extraña criatura se había plantado en el suelo del cuarto de baño y miraba a Ned desde arriba.

—**Y bien, muchacho, ¿qué deseas que sea?**

—¿Esto es como Aladín? —preguntó Ned, sin poder disimular su emoción.

—**¿A qué te refieres?**

—A la lámpara mágica: si la frotas sale un genio y te concede tres deseos.

La criatura pareció reflexionar unos instantes.

—**No** —contestó al fin—. **Aquí no hay ninguna lámpara, yo no soy un genio y tampoco te concedo tres deseos.**

—Vaya —repuso Ned.

—**¡Sino infinitos deseos!**

—Eso son muchos deseos, ¿no?

—**Muchísimos, diría yo. A menos que el infinito fuera finito, pero eso sería bastante tontito.**

—¡Genial! —exclamó Ned.

—Y bien, muchacho, ¿qué quieres que sea? ¡Puedo ser cualquier cosa que se te ocurra! ¡Un hipopótamo! ¡Un enjambre de abejas! ¡Un par de calzoncillos gigantes!

La criatura iba transformándose en todas y cada una de estas cosas según las iba enumerando.

—¡Piensa en algo que empiece por la «E»!
Una escalera.
Una esfinge.

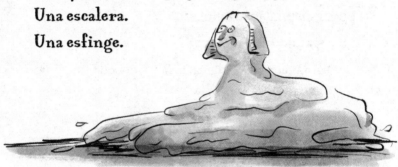

Un elefante del tamaño de una casa. Un elfo...

El chico veía boquiabierto cómo la masa de slime iba cambiando de forma a una velocidad vertiginosa.

—O algo que empiece por la «S», como por ejemplo... ¡una sinfonía!

Entonces se oyó el retumbar de un tambor.

¡BUUUM!

La masa de slime se deshizo en lo que parecían cientos de diminutos **pegostillos** que pasaron volando al lado de Ned. Fue entonces cuando el chico comprendió que no eran simples **pegostillos**, ¡sino notas musicales! El sonido de una sinfonía llenó todo el cuarto de baño y las notas musicales bailaban en el aire como mariposas. Ned las miraba fascinado mientras revoloteaban al compás de la música.

—¡G-g-guau! —farfulló.

Entonces, apenas la sinfonía llegó a su fin, los **pegostillos** volvieron a unirse, pero esta vez no adoptaron la forma de masa **pegostosa** de slime.

Para nada.

Esta vez los **pegostillos** se juntaron para formar una ballena tan inmensa que apenas cabía en el baño.

El animal flotaba en el aire, meneando la cola de aquí para allá.

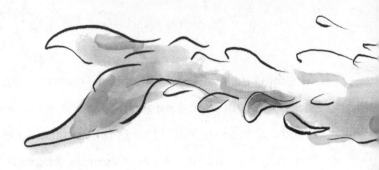

¡PLAF, PLAF, PLAF!

—¿**Recuperé mi forma normal?** —preguntó la criatura—. **Me noto la mar de raro.**

—¡Qué va! —exclamó Ned—. A menos que normalmente tengas la forma de una ballena gigante!

La ballena de slime miró hacia abajo y se precipitó al vacío.

¡CATAPLOF!

Aterrizó en el suelo del baño como una gelatina que hubiera resbalado del plato.

Se hizo el S I L E N C I O.

Ned no podía apartar los ojos de aquella cosa. Fuera lo que fuera, parecía haber dejado de existir. Era una excosa, nada más que un gran charco de **suciedad** que se extendía junto a las ruedas de su silla.

—¡**Slime!** —gritó Ned. No se le ocurría otra manera de referirse a la criatura, pero la verdad es que ese nombre le iba que ni pintado—. ¿Estás bien?

Al cabo de unos instantes, el slime se reagrupó en forma de un gran pegoste compacto.

—**Menos mal** —dijo—. **Me sentía un poco disperso.**

—¡Cuánto me alegro de verte! —exclamó Ned.

—**¿Conque me llamo Slime...?** —preguntó la criatura.

—No se me ocurre nada mejor.

—**Veamos... ¿Roger, Archibald, Brenda...?** —sugirió **Slime**—. Yo creo que Brenda me va como anillo al dedo.

—Mmm... —musitó el chico—. Yo diría que te queda mejor **Slime**.

—¡**Pues no se hable más!** —dijo **Slime**, y mirando al chico con el rabillo del ojo, si es que un pegoste de slime tiene algo parecido al rabillo del ojo, preguntó—: **¿Tú me creaste?**

—Mmm... pues... —empezó Ned—. ¡Supongo que sí!

—¡PAPÁ! —exclamó **Slime**.

—¡Ni hablar!

—**¿MAMÁ...?**

—¡Menos!

—**Entonces, ¿qué?**

—Supongo que somos..., este... —Ned no se atrevía a pronunciar la palabra, pero algo en su interior lo animó a hacerlo—, amigos.

—**Amigos** —repitió Slime—. **¡Amigos! ¡Cómo me gusta! ¡Sí, somos amigos!**

Sonriendo, el chico se inclinó hacia delante para abrazar a su nuevo amigo y, por supuesto, acabó con la cara toda sucia de slime.

—**No me dijiste cómo te llamas** —apuntó la criatura.

—Ned —contestó el chico.

—¡Tengo un amigo llamado Ned! —exclamó **Slime**.

—Oye, **Slime**...

—¿Sí, **Ned?**

—Quiero que me ayudes a hacerle una broma a alguien...

—¡Por supuesto! —exclamó **Slime** muy contento, frotándose las manos gelatinosas.

—¡Alguien que me ha hecho un millón de bromas pesadas!

Justo entonces llamaron a la puerta con fuerza.

¡*PAM!* ¡*PAM!* ¡*PAM!*

—¿Qué demonios está pasando ahí dentro? —preguntó una voz. Era Jemima, claro está—. ¡Sal ahora mismo, Ned, o echaré la puerta abajo de una **patada**!

—¿Es la persona en cuestión, por un casual...? —preguntó **Slime**.

—Vaya, ¿cómo lo adivinaste? —repuso el chico con una sonrisa traviesa.

Capítulo 8
UNA POPÓ ESPECIALMENTE RUIDOSA

—¡**D**IJE QUE QUÉ DEMONIOS ESTÁS HACIENDO AHÍ DENTRO! —vociferó Jemima al otro lado de la puerta.

—¡Nada! —mintió Ned.

—¡NO ME VENGAS CON ESO! —replicó su hermana—. ¡Oí una explosión! ¡Y luego música! ¡Y no sé qué de un pez gigante!

Slime parecía a punto de abrir la boca, tal vez para decirle a la niña que, en realidad, las ballenas no son peces, sino mamíferos.

82

Ned se volteó hacia su amigo y se llevó el dedo índice a los labios para pedirle silencio.

Por increíble que parezca, tratándose de una criatura hecha de slime, **éste** captó el mensaje a la primera.

—Es que tengo el estómago revuelto e hice una popó de manera... un poco ruidosa —farfulló Ned desde el baño.

—¿Ruidosa? —repitió su hermana con retintín—. ¡Explosiva, más bien! ¡Vamos, abre la puerta AHORA MISMO! ¡O LA ECHARÉ ABAJO DE UNA PATADA!

¡PUMBA!

¡PUMBA! ¡PUMBA!

Así sonaban sus botas con **CASCO DE ACERO** golpeando la puerta.

—¡Corre, abre! —dijo **Slime**.

—¡¿*Qué?!*—exclamó Ned, sin salir de su asombro.

—¡Para hacerle una broma!

—¿Ahora mismo? —preguntó el chico.

¡PUMBA! ¡PUMBA! ¡PUMBA!

—¡Ahora mismo! —exclamó **Slime**.

¡PUMBA! ¡PUMBA! ¡PUMBA!

Una lluvia de astillas llenó el baño.

—¿Qué quieres que sea? —preguntó **Slime**.

—¡Una bota gigante, tal vez! ¡Para devolverle la patada!

—¡Por supuesto! —exclamó **Slime** mientras se **translimorfaba** en una bota gigante.

¡PUMBA! ¡PUMBA! ¡PUMBA!

La última patada arrancó la puerta de las bisagras y se llevó por delante un trozo de pared.

La puerta se desplomó en el suelo...

¡CATAPLÁN!

... levantando una polvareda que llenó el baño.

¡De repente, nadie veía nada!

—¡NED! —berreó Jemima—. ¿DÓN-
DE ESTÁS?

El chico se quedó mudo mientras la bota gigante (o **slota**)* salía de entre la polvareda.

—¿Qué demonios...? —empezó Jemima.

La niña intentó darle una patada a la bota de slime, pero el pie se le quedó incrus-
tado en la masa gelatinosa.

—¡ARGH!
—gritó.

A Ned se le escapó
la risa.

—¡Ja, ja, ja!

—¡NED!
—berreó Jemima—.
¡TE VOY A DAR
UNA PATADA EN EL TRASERO!

—**No lo creo, linda** —replicó la **slota**—. ¡YO SÍ
QUE TE VOY A DAR UNA PATADA EN TODO
EL TRASERO!

---

* Uno de los millones de términos que encontrarán en el
Walliamsionario. Ahí lo dejo.

Dicho lo cual, **Slime** expulsó la bota de Jemima. La niña cayó hacia atrás y acabó a gatas en el suelo.

—**¡HASTA LA VISTA!** —dijo la **slota**. Entonces tomó impulso y...

¡ZAZ!

... le propinó una **pegostástica** patada en el trasero.

—¡ARGH! —gritó la niña, que salió volando pasillo abajo...

¡FIU!

... y aterrizó en el sofá de la sala de estar.

Pero Jemima no se rendía fácilmente. Se levantó de un brinco y se fue hacia el baño a grandes zancadas.

¡POM, POM, POM!

—¡YA VERÁS CUANDO TE PONGA LAS MANOS ENCIMA, NED! ¡TE MANDARÉ A OTRA ISLA DE UN PATADÓN!

—¡Tenemos que largarnos, **Slime**! —exclamó Ned—. ¡Cuanto antes!

—**Pero ¿cómo?** —preguntó la criatura, que había recuperado su forma pegostosa.

Ned se fijó en la pequeña ventana que había justo por encima del escusado. No era mucho más grande que una puerta para un gato.

—Ésa es nuestra única vía de escape —dijo, señalando la ventana—. ¡Pero mi silla de ruedas no pasa!

—**¡Hoy no la necesitas! ¡Déjame ser tus alas!**

—¡¿ALAS?! —preguntó el chico, estupefacto.

Entonces **Slime** se translimorfó en un par de alas que se pegaron a los hombros de Ned y empezaron a moverse solas.

¡FLAP, FLAP, FLAP!

El chico sintió que se elevaba por encima de la silla de ruedas y flotaba en el aire.

—¡GUAU! —exclamó.

Las alas no pasaban por la pequeña ventana, así que, sin soltarlo, **Slime** se translimorfó en un tobogán.

¡PLOF, PLOF, PLOF!

Jemima irrumpió en el baño justo cuando Ned se lanzaba por el tobogán de slime.

¡*FIUUU!*

-¡¡¡NEEEEEEEEEEEEEEEEEEEEEEEEEEEEEEEEEEEED!!!

—gritó la niña.

¡Pero su hermano era

libre!

Capítulo 9
LA BURBUJA DE SLIME

Ned bajó a toda velocidad por el tobogán de **slime**.

¡FIUUU!

La casucha familiar se alzaba al borde de un acantilado, frente al mar.

Si el chico no frenaba, se precipitaría hacia abajo y acabaría hecho papilla en los escollos de la playa.

—¡AHÍ VOY! —exclamó Ned al ver que se quedaba sin tobogán.

Cerró los ojos con fuerza. No quería ver lo que estaba a punto de pasar.

PERO ENTONCES... en un dos por tres, el tobogán de **slime** se alargó, se alargó y siguió alargándose. Luego dibujó un bucle, giró sobre sí mismo y, cuando Ned quiso darse cuenta,

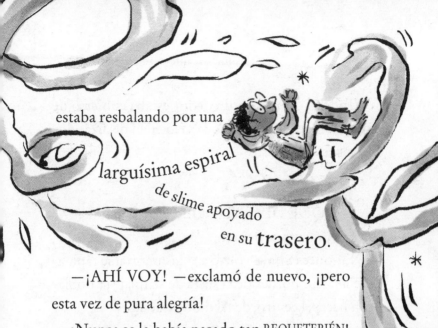

estaba resbalando por una larguísima espiral de slime apoyado en su trasero.

—¡AHÍ VOY! —exclamó de nuevo, ¡pero esta vez de pura alegría!

¡Nunca se la había pasado tan REQUETEBIÉN!

El tobogán de **slime** se apartó del borde del acantilado y se alargó hacia los campos que rodeaban la casa de Ned. Por el camino, se fue haciendo cada vez más ancho, hasta que llegó un momento en que dejó de ser un tobogán.

Se había convertido en una pista de patinaje sobre **slime**.

Una pista de patinaje sobre **slime** se parece mucho a las de patinaje sobre hielo, sólo que en vez de hielo —lo adivinaron— ¡está hecha de **slime**! Por lo tanto, es una slista de slatinaje.*

---

* El término «slista de slatinaje» está más que aceptado. Si no me creen, búsquenlo en el Walliamsionario.

Todo el campo de alrededor estaba cubierto de **slime**. Ned lo cruzó a toda velocidad deslizándose sobre su trasero.

¡FIUUU!

—¡¡¡QUÉ DIVERTIDO!!! —exclamó.
Finalmente se detuvo.

Entonces **Slime** volvió a translimorfarse rápidamente. Los bordes de la slista de slatinaje se doblaron hacia el centro, de tal modo que se cerró sobre sí misma.

¡**Slime** se había convertido en una esfera!

¡UNA BURBUJA DE SLIME!

¡TRACA, TRACA, TRACA!
¡Y llevaba a Ned en su interior!

Luego empezó a rebotar.
Y cuanto más rebotaba,
más seguía rebotando
de rebote.

Rebotó sobre una oveja.

—¡BEEE!
¡BOING!

Rebotó sobre un seto.

¡PLAF!

¡BOING!

¡Y siguió rebotando cuesta abajo!

A lo lejos, Ned distinguió el sonido de un tractor acercándose.

¡CHACARRACHACA, CHACARRACHACA!

El estruendo de su poderoso motor sonaba cada vez más fuerte.

¡CHACARRACHACA, CHACARRACHACA!

El tractor iba directo hacia ellos.

¡CHACARRACHACA, CHACARRACHACA!

—¡CUIDADOOO! —gritó Ned, que no sabía muy bien dónde habrían quedado los ojos de **Slime** al convertirse en una gigantesca pelota saltarina.

¡BOOOOOOINNNG!

El chico notó cómo la burbuja de slime **rebotaba** con fuerza y se impulsaba hacia las alturas.

¡FIUUUUUUU!

Entonces oyó pasar el tractor allá abajo.

¡CHACARRACHACA, CHACARRACHACA!

El alivio de ver que el tractor no lo había aplasta-do se convirtió en pánico cuando se dio cuenta de a qué altura estaba. La burbuja de **slime** había subi-do tanto que se topó con una bandada de gaviotas.

¡CRUAC!

¡CRUAC!

¡CRUAC!

Una de las gaviotas picoteó la burbuja de **slime**...

¡ÑACA!

... ¡y la REVENTÓ!

¡PAM!

Al instante, Ned cayó al vacío.

—¡SOCOOORROOOOOO! —gritó.

Sin perder un segundo, **Slime** bajó como un *torpedo*, lo adelantó y se translimorfó en ¡una cama elástica!

¡O, mejor dicho, en una **CAMA SLIMÁSTICA**!*

Ned cayó sobre la **CAMA SLIMÁSTICA** y rebotó con fuerza hacia arriba.

¡BOING!

---

* No te quedes atrás. Pide ya tu *Walliamsionario*.

La escena se repitió. ¡B O I N G!

El chico sonreía de oreja a oreja. ¡Estaba vivo! Y lo mejor de todo: ¡estaba botando!

¡BOING! ¡B O I N G! ¡B O I N G!

—¡QUÉ INCREÍBLE! —gritó, feliz como una lombriz.

¡Pero cuál no sería su sorpresa al mirar hacia abajo! ¡La **CAMA SLIMÁSTICA** había desaparecido!

—¡NOOOOOO! —gritó.

Mientras perdía altura a toda velocidad, Ned miró a su alrededor, pero no había ni rastro de **Slime**.

«Hasta aquí llegué», pensó.

El suelo parecía querer tragárselo.

Y entonces...

¡ZAS!

Un águila gigante de todos los colores del arcoíris pasó por debajo de Ned al ras del piso y se lo llevó hacia las alturas. ¡Estaban **volando**! Surcaron el cielo y sobrevolaron el mar, el acantilado, la casa familiar.

—¡Es verdad que puedes transformarte en cualquier cosa! —exclamó el chico.

—¡**Lo que sea!** —confirmó el majestuoso pájaro de **slime**, ¡o **SLÁJARO!***

---

* Que sí. Busquen en el **Walliamsionario**, por la «S».

Desde allá arriba, la **ISLA DE ESTIÉRCOL** parecía muy pequeña. Las casas chiquititas, los árboles pequeñitos, las personas diminutas. Tan diminutas que más parecían hormigas. ¡Y qué decir de las hormigas! Esas sí que se veían pequeñisísimas. De hecho, ni se veían.

Por primera vez en su corta vida, Ned supo lo que era tener PODER. O mejor dicho...

Había creado algo que podía cambiarlo todo.

La **ISLA DE ESTIÉRCOL** estaba llena de adultos crueles que amargaban la vida a los niños. Ahora Ned tenía la oportunidad de vengarse de todos esos indeseables. No sólo en su nombre, sino en el de todos los niños de la isla.

No había tiempo que perder. Era el momento de pasar...

¡A LA CARGA!

Capítulo 10

LAS REGLAS DE IRACUNDO

—¡**V**e hacia allí! —exclamó el chico mientras surcaban el cielo a toda mecha—. ¡MIRA! ¡Ahí está mi antigua escuela! ¡Quiero que conozcas al director, ese sí que es un monstruo!

—¡**Por supuesto!** —replicó **Slime**.

El águila batió las alas y empezó a bajar en picada hacia un escalofriante palacete de estilo gótico
con vista al mar. Un inmenso letrero presidía la
fachada:

COLEGIO ESTIÉRCOL PARA NIÑOS INSUFRIBLES

Entonces sonó una campana.

¡RIIIIIIING!

La escuela acababa de abrir sus puertas. En el
COLEGIO ESTIÉRCOL las clases empezaban al salir
el sol porque así le gustaba al director. Que los niños tuvieran que despertarse en plena madrugada
para llegar puntuales a la escuela formaba parte
de su peculiar método de
tortura.

Ned sonrió para sus adentros al pensar en lo bien que se la iba a pasar mientras bajaba hacia el patio de recreo.

Apenas tocaron tierra, el águila lo dejó en una banca y se **translimorfó** de nuevo en un gran pegoste de **slime** que se plantó detrás del chico como una gran sombra viscosa.

—Vamos a darle al señor Iracundo un buen motivo para perder los estribos... —dijo Ned.

—**¡Por supuesto!**

Al ver que un gigantesco pájaro de **slime** se posaba en el patio de recreo, los profesores salieron de la escuela gritando y señalando a la insólita criatura.

—¡NO LO PUEDO CREER! —exclamó uno.

—¡YO ME NIEGO A CREERLO! —replicó otro.

—¡YO QUIERO CREERLO, PERO NO PUE-DO! —gritó el tercero.

Los alumnos del **COLEGIO ESTIÉRCOL** pegaron la carita a las ventanas para ver qué estaba pasando. Tenían tanto miedo de los profesores que no se atrevían a salir al patio sin permiso.

Entonces salió del edificio un hombre envuelto en una larga toga negra y con cara de pocos amigos. Una vez fuera, hizo ondear la toga en un gesto teatral, como si fuera el conde Drácula presumiendo su capa.

¡ZAS!

No era más que el uniforme de profesor, pero le daba un aire maléfico que le iba que ni pintado.

El señor Iracundo era el director de la escuela y tenía una cabezota y calva y grandota que parecía más un **huevo**. Un **huevo** en el que alguien hubiera dibujado un bigote. Cada vez que el hombre se enojaba, el mostacho se le ponía todo tieso. Y se enojaba bastante a menudo. Tanto que, en realidad, ese era su estado natural.

Echen un vistazo a este **FURIÓMETRO** de un día normal del señor Iracundo.

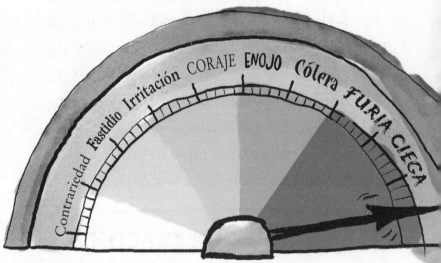

Como ven, su ira se salía literalmente de la escala, y casi, casi de la página.

El señor Iracundo montaba en cólera con todos los alumnos del **COLEGIO ESTIÉRCOL**, y como era la única escuela de la isla, no había un solo niño que no hubiera sufrido sus ataques de ira. A los más afortunados les pegaba con una regla de madera. A los menos afortunados les pegaba con una regla de madera y además los **EXPULSABA**.

—¡Está estrictamente prohibido aterrizar en el patio de recreo montado en un pajarraco! —vociferó, yendo hacia Ned a grandes zancadas.

Si bien aterrizar en el patio montado en un gran pájaro de **slime** no figuraba como tal en las reglas de funcionamiento de la escuela, el director no tenía inconveniente en inventársela para la ocasión. En los treinta años que llevaba dirigiendo el **Colegio Estiércol** con mano de hierro, se había sacado de la manga una larga lista de reglas.

LAS REGLAS DE IRACUNDO

I) **PROHIBIDO** comparar al director con un **huevo**. No me parezco en absoluto a un huevo. Los **huevos** no tienen bigotes y yo sí lo tengo, así que no se hable más. Cualquiera que ose compararme con un **huevo** será **EXPULSADO**. Además, no hay ningún **huevo** tan grande como mi cabeza. Y, a diferencia de los **huevos**, yo tengo dos orejas.

II) PROHIBIDO expeler flatulencias en todo el recinto escolar sin un permiso por escrito del director. Aunque se te escape un gas por accidente cuando te agaches para recoger la pelota de críquet, serás **EXPULSADO**.

III) PROHIBIDO reír en la escuela. Aquí se viene reído de casa. En cambio los lloriqueos, los sollozos y el llanto en general serán bienvenidos. No hay sonido más maravilloso que el de un niño llorando a todo pulmón. Quien ose reír será castigado con una regla de madera y quedará **EXPULSADO**.

IV) PROHIBIDAS las excusas para no entregar la tarea puntualmente. Me da igual que un huracán se haya llevado tu casa por delante o que los alienígenas te hayan abducido. Quien entregue la tarea con retraso, aunque sea de un segundo, será **EXPULSADO**.

V) PROHIBIDAS las quejas sobre la comida de la escuela. El pez zapato es un alimento tan delicioso que no puede faltar en los menús del comedor escolar.

Paté de pez zapato
Empanada de pez zapato
Estofado de pez zapato
Curry de pez zapato
Pastel de pez zapato
Flan de pez zapato
Mousse de pez zapato
Sorpresa de pez zapato (la sorpresa es que está hecha con pez zapato)

Quien ose quejarse de la comida de la escuela será obligado a comer todo lo que hay en el plato antes de ser **EXPULSADO**.

VI) PROHIBIDO usar la corbata al revés, con la parte estrecha hacia fuera y la parte ancha hacia dentro. Agarraremos de la corbata a quien ose llevarla mal puesta y lo haremos dar vueltas como un trompo antes de **EXPULSARLO** arrojándolo por la ventana.

VII) **PROHIBIDO** jugar en el patio de la escuela. Durante el recreo y la hora de comer hay que estarse quieto como una estatua. No se permiten los juegos de ningún tipo. Quien ose jugar en el patio durante el recreo será obligado a permanecer bajo la lluvia y luego será **EXPULSADO**.

VIII) **PROHIBIDO** llevar chocolate a la escuela. Me encargaré personalmente de confiscar el chocolate en todas sus formas, y luego me desharé del chocolate incautado comiéndomelo. Quien se niegue a darme el chocolate **NO** será **EXPULSADO**, sino colgado boca abajo por los tobillos y zarandeado por fuera de la ventana hasta que entre en razón. Después —y sólo después— de que me haya comido su chocolate, será debidamente **EXPULSADO**.

IX) PROHIBIDO estornudar durante las clases, pues perjudica el normal desarrollo de las mismas. Si sientes ese cosquilleo en la nariz que anuncia un estornudo, haz el favor de esperar hasta llegar a casa para soltarlo. Quien ose estornudar en el recinto escolar será **EXPULSADO**, tal como el estornudo expulsa mocos por la nariz. Una metáfora que me viene como anillo al dedo porque los niños son todos unos **MOCOSOS**.

X) PROHIBIDO quejarse sobre las normas de funcionamiento del colegio. Quien ose quejarse no será **EXPULSADO**, pues eso es sin duda lo que busca, sino que repetirá curso año tras año y se verá obligado a quedarse en la escuela **PARA SIEMPRE**. Si no me creen, pregúntenle al viejo Giles. Tiene noventa y dos años y lleva **toda la vida** en el **COLEGIO ESTIÉRCOL**.

Ned era uno de los cientos de alumnos que habían sido expulsados de la escuela a lo largo de los años. El director era tan aficionado a las expulsiones que había **más** profesores que estudiantes en la escuela, como se ve en esta gráfica:

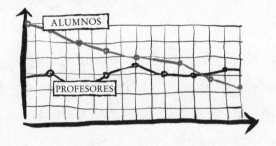

Pero ahora **Ned** había **vuelto**, y tenía...

Capítulo 11
UN TRASERO EN LLAMAS

El señor Iracundo había tomado la precaución de no expulsar a TODOS los alumnos de la escuela. Si lo hacía, se quedaría sin niños a los que expulsar, y nada le gustaba más en esta vida. En cierta ocasión, expulsó a un niño el primer día de clase por haber entrado en la escuela dando saltitos de alegría. Ese día el señor Iracundo alcanzó un nuevo récord, pues nunca había expulsado a ningún alumno que llevara menos de tres segundos en el colegio.

En cuanto a Ned, lo había expulsado por el simple hecho de reírse.

—¡JA, JA, JA!

Siendo justos con el señor Iracundo, les diré que Ned osó reírse de él. En clase de Expresión Plástica, los alumnos debían decorar un huevo de Pascua y el chico decidió pintar el suyo a imagen y semejanza del director. El resultado era desternillante, o eso le pareció a toda la clase.

SR. IRACUNDO

HUEVO

—¡JA, JA, JA! ¡JA, JA, JA! ¡JA, JA, JA! ¡JA, JA, JA! ¡JA, JA, JA! ¡JA, JA, JA! ¡JA, JA, JA! ¡JA, JA, JA! ¡JA, JA, JA! ¡JA, JA, JA! ¡JA, JA, JA! ¡JA, JA, JA! ¡JA, JA, JA!

—¡Tú, muchacho! —tronó el señor Iracundo—. ¿Qué haces aquí? ¡Estás expulsado!

—Yo también me alegro de verlo, señor —lo saludó Ned, como si nada. Lo bueno de que te expulsen es que no pueden volver a hacerlo.

—¿Y qué es esa criatura monstruosa que traes contigo? —bramó el señor Iracundo.

—**Qué hombrecillo más desagradable** —murmuró **Slime**—. **¿Qué podemos hacer con él?**

Ned se lo pensó unos instantes.

—El director se merece una buena lección. Los niños de esta isla llevamos demasiado tiempo sufriendo sus arrebatos. Iracundo se pasa la vida montando en cólera sin motivo alguno, así que esta vez le daremos un buen motivo para perder los estribos.

—**¡Magnífica idea! A ver, déjame pensar...**

—¡DEMASIADO TARDE, BLANDITO! —vociferó el señor Iracundo—. A este chico le va a caer el peso de la ley. ¿Me oíste bien? ¡EL PESO DE LA LEY!

Dicho esto, el director sacó la larga regla de madera que llevaba escondida bajo la toga y fue hacia Ned, listo para azotarlo.

¡ZIAS! ¡ZAS! ¡ZIS!

hacía la regla al cortar el aire.

Justo cuando el señor Iracundo estaba a punto de golpear a Ned con todas sus fuerzas, **Slime** se transformó en un pulpo gigante. Es decir, un **SLULPO**.*

Uno de los tentáculos del **SLULPO** le arrebató la regla mientras que otro se cerró en torno a su tobillo.

En menos de lo que se tarda en decir «EXPULSADO», el **SLULPO** lo había levantado del piso.

Ned se echó a reír al ver al director zarandeado.

—¡JA, JA, JA!

—¡ME LAS PAGARÁS, MUCHACHO! —bramó el señor Iracundo.

—Lo dudo —replicó el chico.

—¡SUÉLTALO! —ordenaron a gritos los profesores que habían salido al patio.

---

* Sólo los diccionarios de calidad excepcional, como el **Walliamsionario**, recogen esta palabra.

—Bueno, por mí se lo pueden llevar a dar una vuelta... —farfulló un hombre barbudo. Era el señor Ansias, que ocupaba el puesto de subdirector y soñaba desde hacía mucho con llegar a dirigir la escuela.

—**¿Y ahora qué, mi joven amigo?** —preguntó el **SLULPO**.

—Dale un buen meneo, tal como hace él con esa dichosa regla —contestó el chico.

—Con mucho gusto.

Impulsado por el **SLULPO**, el director empezó a dar **vueltas** y más **vueltas** como un trompo enloquecido. Parecía que estuviera en una atracción de feria especialmente **vomitabunda**.*

---

* Sinónimo de **vomitística** o **vomitácea**, palabras que encontrarás en el **Walliamsionario**, a la venta en las peores librerías.

—Y ahora... ¡SUÉLTALO! —ordenó Ned.

El **SLULPO** liberó al señor Iracundo, que salió disparado.

¡FIUUU!

—¡ARGH! —gritó el hombre desde las alturas.

Entonces hubo un silencio de lo más inquietante, pues daba la impresión de que el señor Iracundo acabaría saliendo al espacio exterior.

De pronto, un silbido rompió el silencio. Todas las miradas se voltearon hacia el cielo.

—¡AHÍ ESTÁ! —exclamó Ned.

—Lástima... —murmuró el señor Ansias, acariciándose la barba.

Un diminuto destello rojo relucía allá lejos, en el cielo. Cuando empezó a bajar, Ned anunció:

—¡Es el trasero del señor Iracundo, que se incendió al cruzar la atmósfera terrestre!

Antes de que me vengan con monsergas, dejen que les diga que ¡ES CIENCIA PURA Y DURA!

NAVE ESPACIAL
APOLO 11
VOLVIENDO DE LA
MISIÓN A LA LUNA
EN 1969

TRASERO DEL SEÑOR
IRACUNDO

—¡¡¡AAAAAARRRRRGGG-GGGHHHHHH!!! —gritó el director mientras caía al vacío.

Por suerte para él, fue a parar al mar.

¡CHOF!

Entonces se oyó una especie de siseo...

7SSSSSS...

Era el sonido del agua extinguiendo el fuego que consumía las posaderas del señor Iracundo.

—¡SOCORRO! —gritó el hombre—. ¡No sé nadar!

—Tampoco hay que precipitarse —sugirió el señor Ansias— ¿A quién se le antoja un té y unas

Ned le indicó a **Slime** por señas que lo rescata-
ra. No podían dejar que se ahogara.

El **SLULPO** estiró uno de sus tentáculos, que se
hizo largo, **larguísimo** e incluso **larguérrimo**, proyectándose mar adentro.

Entonces el **SLULPO** rodeó con el tentáculo al

señor Iracundo, que se debatía entre las olas, y lo
depositó en el patio de recreo.

¡CHOF!

Los profesores no pudieron reprimir la risa
al ver al director así.

¡JA, JA, JA!

Iracundo estaba empapado hasta los huesos y la
parte trasera de su pantalón había desaparecido

por completo, consumida por las llamas. Su trasero rojo escarlata estaba ahora a la vista de todos. Lo tenía tan rojo que más parecía el **trasero de un mandril**.

Al verlo, los alumnos de la escuela, que seguían con la nariz pegada a las ventanas de sus respectivas clases, también rompieron a reír.

¡JA, JA, JA! ¡JA, JA, JA! ¡JA, JA, JA! ¡JA, JA, JA! ¡JA, JA, JA! ¡JA, JA, JA! ¡JA, JA, JA!

Pero el que más se moría de risa era el anciano señor Giles, el alumno de noventa y dos años cuyo castigo se renovaba año tras año. Era la persona que más tiempo había pasado en el **Colegio Estiércol**. Ochenta y siete años, para ser exactos.

—¡JA, JA, JA! —el hombre se reía tan fuerte que su dentadura postiza salió volando y se estrelló contra el cristal.

¡CLONC!

Lo que sólo sirvió para que se desternillara aún más.

—¡JUA, JUA, JUA!

Si Iracundo fuera un huevo, en ese instante sería un huevo estrellado.

—¡Hasta la vista, señor director! —le dijo Ned con retintín.

Entonces el **SLULPO** se transformó en un globo aerostático (o SLOBO **AEROSLÁSTICO**),* recogió al chico y se lo llevó volando.

—¡MI REGLA! —bramó Iracundo.

Como si lo hubiera estado esperando, el SLOBO AEROSLÁSTICO dejó caer la regla, que ate-

---

* Si no me creen, búsquenlo en el **Walliamsionario**.

rrizó sobre la cabeza del director con un sonoro
¡CLONC!

¡JA, JA, JA! ¡JA, JA, JA! ¡JA, JA, JA! ¡JA, JA, JA! ¡JA, JA, JA! ¡JA, JA, JA! ¡JA, JA, JA! ¡JA, JA, JA! ¡JA, JA, JA! ¡JA, JA, JA! ¡JA, JA, JA! ¡JA, JA, JA! ¡JA, JA, JA! ¡JA, JA, JA!

Todos los niños se morían de risa.

—No tarden en volver ¡y remátenlo, si son tan amables! —gritó el señor Ansias.

Capítulo 12
CORAZONES HELADOS

Mientras surcaba el cielo en su globo aerostático hecho de **slime**, Ned contempló la pequeña isla que era su hogar.

Cerca de la escuela quedaba la única juguetería de ESTIÉRCOL, GALERÍAS ENVIDIA.

—¡BAJEMOS AQUÍ! —pidió a gritos.

—**¡BAJANDO QUE ES GERUNDIO!** —contestó **Slime**.

La juguetería pertenecía a dos hermanos gemelos, Edmund y Edmond Envidia. Ambos vestían de forma idéntica, con chalecos y corbatas de moño a juego, y se teñían el pelo de un negro tan oscuro que parecía más azul y no iba para nada con sus caras arrugadas como pasas.

Sin embargo, si por algo eran famosos Edmund y Edmond, era por su mal carácter.

Tanto uno como otro DETESTABAN a los niños. Muchos sospechaban incluso que sólo habían abierto una juguetería para poder torturar a sus pequeños clientes. Por su parte, los niños de **Estiércol** no tenían alternativa, porque la suya era la única juguetería de toda la isla. Si querían un juguete, no tenían de otra más que ir a GALE-RÍAS ENVIDIA.

¿Por qué detestaban tanto Edmund y Edmond a los niños?

Porque los envidiaban.

Los gemelos vivían amargados porque eran viejos y achacosos. Llevaban tantos años refunfuñándose, regañándose y refroñogándose* el uno al otro que se les había helado el corazón. Se detestaban mutuamente casi tanto como a los niños.

GALERÍAS ENVIDIA no era una juguetería común y corriente. A los coches, muñecas y jue-

---

* Esta palabra tiene el visto bueno del *Walliamsionario*, así que no se hable más.

gos habituales se sumaban arte-
factos extrañísimos:

El juego de serpientes y escaleras de
GALERÍAS ENVIDIA, en el que no había
escaleras, ¡sólo serpientes por todas partes!
¡SSSSSSSSSSS...!

Un teléfono de juguete que no paraba de sonar
hasta que ¡TE SACABA DE QUICIO!
¡RING, RING! ¡RING, RING! ¡RING,
RING! ¡RING, RING! ¡RING, RING!
¡RING, RING! ¡RING, RING!

Una mecedora con forma de caballito
en cuyo interior habían instalado un motor secreto. Se mecía con tanta fuerza que el
jinete salía disparado.

¡ZAS!

¡CATAPUMBA!

Una muñeca que no sólo lloraba de verdad, ¡sino que también se hacía pipí... y popó! ¡¡¡PUAJ!!!

Su propia versión del juego Operando. Cada vez que te temblaba el pulso, en lugar de encenderse una lucecilla, te llevabas una descarga eléctrica tan potente que salías volando y el que acababa en la mesa de operaciones eras tú.

Un rompecabezas de 999,999 piezas. En la caja decía: «Rompecabezas de un millón de piezas», pero los malvados gemelos habían eliminado una. ¡Podías tardar una década en colocarlas todas y nunca completarías el rompecabezas!

Un triciclo en el que habían reemplazado el asiento por un tenedor. Cada vez que algún niño se sentaba en él y empezaba a pedalear, experimentaba un dolor **AYUYANTE*** en el trasero.

¡TOING!

¡MIS POMPIS!

Eran los juguetes perfectos para sembrar el pánico entre los niños.

Pero ahora Ned estaba decidido

a pagarles

con la misma moneda.

---

* Palabra sumamente útil que encontrarán en la obra de referencia más prestigiosa del mundo, tanto que no necesita presentación. Damas y caballeros, niños y niñas, ¡he aquí el **Walliamsionario**! Mi gran aportación a la historia de la humanidad.

Capítulo 13
EL ROBOT DE CUERDA

Tiempo atrás, Ned se había encaprichado con un juguete muy especial en GALERÍAS ENVIDIA. Un juguete que sus padres nunca podrían comprarle. Eran personas humildes y trabajaban únicamente para dar de comer a sus hijos.

El juguete en cuestión era un robot de cuerda. Hecho de metal, con líneas rectas, lucecillas y un *runrún* mecánico, tal como debe ser un robot de cuerda. El chico lo había visto en el escaparate de la tienda de los gemelos y todos los días, al volver a casa después de clase, se detenía a contemplarlo.

Era perfecto.

Ned sabía que el robot de cuerda no sería un simple juguete, sino un verdadero amigo. El chico y su robot vivirían incontables aventuras juntos. Pilotarían naves espaciales, se enfrentarían a ejércitos de alienígenas, visitarían planetas lejanos y aun así se las arreglarían para volver a casa a tiempo para cenar.

Cada vez que cachaban a Ned soñando despierto al otro lado del escaparate, Edmund y Edmond salían de la tienda para ahuyentarlo.

—¡LARGO DE AQUÍ, MEQUETREFE! —gritaba Edmund.

—¡MALDITO MOCOSO! —añadía Edmond.

—¡Sólo estaba mirando! —protestaba Ned.

—¡DESGASTARÁS LOS JUGUETES DE TANTO MIRARLOS!

—Si no vas a comprar nada, ¡AHUECA EL ALA!

—¡Y NI SE TE OCURRA VOLVER!

Dicho lo cual, la horrible pareja se metía otra vez en la tienda y cerraba la puerta en las narices de Ned.

¡PAM!

En esa puerta había un letrero que decía:

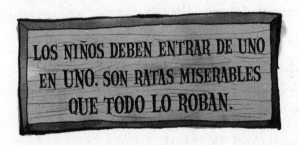

LOS NIÑOS DEBEN ENTRAR DE UNO EN UNO. SON RATAS MISERABLES QUE TODO LO ROBAN.

Pasaron semanas, meses y años. Al final, Ned ahorró suficiente dinero para comprar el robot, así que un sábado por la mañana allá fue en su silla de ruedas.

¡TILÍN!, sonó la campana de la puerta.

Dentro, no había absolutamente nadie.

—¿Hola...? —llamó—. ¿Hola...?

Pero no hubo respuesta.

Un poco nervioso, el chico tomó el robot de cuerda del escaparate y se lo llevó al mostrador. Seguía sin ver a nadie.

Y entonces...

—¡BUUU!

Los gemelos saltaron de detrás del mostrador. Edmond llevaba puestos unos colmillos de juguete y hacía cara de vampiro. Por su parte, Edmund lucía afiladas garras de mentira y se hacía pasar por un hombre lobo.

Cómo disfrutaban dando sustos a los niños.

Ned retrocedió en la silla de ruedas, sobresaltado.

¡ÑIQUI, ÑIQUI!

—¿A qué viene eso? —farfulló.

—¡Feliz Halloween! —exclamaron los gemelos al unísono.

Ned dudó unos segundos.

—Falta medio año para Halloween.

—Todos los días son Halloween en GALERÍAS ENVIDIA —replicó Edmond.

—No necesitamos un día especial para asustar a los niños —añadió Edmund.

Entonces los gemelos se fijaron en el robot de cuerda que el chico tenía entre las manos.

—Así que por fin conseguiste llenar la alcancía de moneditas, ¿no? —preguntó Edmond con cara de lástima.

—¡Sí! —contestó el chico, sacando el cerdito de cerámica que llevaba sobre el regazo en la destartalada silla de ruedas.

Era verdad que la alcancía estaba llena de moneditas. Ned sólo recibía un penique por semana para gastos, porque sus padres no podían permitirse darle más. Pero el chico había ahorrado y ahorrado y ahorrado sin gastar ni un penique. La noche anterior había contado todas las monedas y comprobado con inmensa alegría que tenía el dinero justo para comprar el robot.

Los gemelos le arrebataron la alcancía de las manos y la vaciaron sobre el mostrador.

¡CLINC, CLINC, CLINC!

Al darse cuenta de que tendrían que contar hasta la última moneda, los malvados hermanos se pusieron de un humor de perros. Debía de haber cientos y cientos de monedas.

Entonces Ned vio que Edmund susurraba algo al oído de Edmond y que ambos intercambiaban una sonrisita cómplice.

—Iré por una bolsa —dijo Edmond con aire inocente.

—Buena idea, Edmund —repuso Edmund.

—No, tú eres Edmund.

—¿Ah, sí? —preguntó Edmund.

—Sí. Yo soy Edmond.

—¿Estás seguro?

—Bastante seguro.

—Yo creía que era al revés.

—No, ni al caso.

—Vaya... —musitó Edmund, desconcertado—. Pues muy bien, Edmond.

—Gracias, Edmond —repuso Edmond, pero enseguida se dio cuenta de su error—. ¡RECÓRCHOLIS! ¡Me lo pegaste!

Ned los miraba sin salir de su asombro. ¡Los hermanos Envidia estaban **CHIFLADOS**!

Edmond salió discretamente mientras Edmund empezaba a contar las monedas apiladas sobre el mostrador.

—Una, dos, tres...

Ned contempló el robot de cuerda que sostenía entre las manos como si fuera un tesoro. Por fin el maravilloso juguete con el que había soñado durante tantos años estaba a punto de ser suyo.

—Cuatro, cinco, seis...

¡BUUUM!

Algo explotó muy cerca del oído del chico con un ruido ensordecedor. Y entonces, PARA **COLMO DE MALES**, se le cayó el robot al suelo.

¡CLONC!

Y se hizo añicos.

¡CATACRAC!

135

Con lágrimas en los ojos, Ned se agachó en la silla de ruedas para recoger los trozos, pero era en vano... el robot no tenía arreglo.

Mientras tanto, Edmund seguía contando monedas como si nada.

—Siete, ocho, nueve...

Estando agachado, el chico intuyó una presencia a su espalda y volteó hacia atrás. Era Edmond, sosteniendo lo que quedaba de una bolsa de papel café que había llenado de aire y luego reventado.

—VAYA, VAYA... —dijo el hombre.

—MIRA NADA MÁS... —añadió Edmund.

—Este maldito granuja rompió NUESTRO juguete.

—Todos los niños son **ESCORIA**.

—¡Sobre todo este pequeño **VÁNDALO**!

—¡El que la hace **LA PAGA**!

—PERO... PERO... PERO... —suplicó Ned—. ¡No fue culpa mía!

—¡Claro que SÍ!

—¡¡¡Me dieron un susto!!!

—¿Qué SUSTO ni qué SUSTO? —preguntó Edmond, haciéndose el inocente.

—Yo no oí nada —mintió Edmund.

—¡Me voy! —anunció Ned.

El chico fue a recoger las monedas esparcidas sobre el mostrador, pero Edmund se le adelantó y las retiró.

¡CLINC, CLONC, CLUNC!

—¡Ese dinero es mío! —protestó Ned.

—¿Estás sordo? —le espetó Edmond.

—¡El que la hace **LA PAGA**! —repitió Edmund.

—PERO...

—Nada de peros, muchacho. Y ahora, ¡LARGO DE AQUÍ!

Con el corazón encogido, el pobre chico dio media vuelta en su destartalada silla de ruedas y se fue hacia la puerta de GALERÍAS ENVIDIA.

Justo cuando estaba saliendo, se dio la vuelta y vio cómo los crueles gemelos se morían de risa.

—¡JUA, JUA, JUA!

—¡VAYA TONTO!

—¡LE DIMOS UNA BUENA LECCIÓN!

El día que pasó todo esto, Ned no había podido defenderse. Hoy, sin embargo, tenía la posibilidad de vengarse por esa injusticia...

y por muchas otras.

Capítulo 14
LOS JUGUETES MÁS REPUGNANTES DEL MUNDO

El globo aerostático hecho de **slime** aterrizó en el tejado húmedo de rocío de Galerías Envidia.

¡PLAF!

¡TILÍN!

Sonó la campanilla de la puerta de la juguetería. Desde el tejado, Ned vio la coronilla de una niña que salía a toda prisa del edificio. Tenía el pelo rizado y lloraba a lágrima viva, aferrada a una muñeca sin cabeza.

—¡BUAAA, BUAAA, BUAAA!

Justo entonces, una teja se desprendió y cayó al suelo.

¡CATACRAC!

La niña de pelo rizado miró hacia arriba.

—¿Ned...?

—¡Shhh! —chistó el chico.

La pequeña se secó los ojos, asintió en silencio y se marchó corriendo. Cuando apenas había desaparecido de su campo de visión, Ned vio cómo los gemelos Envidia salían de la tienda.

—¡JA, JA, JA! —reían al unísono.

—Otro cliente satisfecho, Edmund —dijo uno de ellos con ironía.

—¡Ya empezamos otra vez! —le espetó el otro—. ¡Tú eres Edmund!

—¿Ah, sí?

—¡Pues claro!

—Y entonces, ¿quién es Edmond?

—¡Yo!

—¿Estás seguro?

—¡Métete, Edmund!

—¿Ése quién es?

—¡¡¡TÚ!!!

Los gemelos volvieron a la tienda, pero pretendían entrar los dos al mismo tiempo y por unos instantes se quedaron atascados en el marco de la puerta.

¡ **T I L Í N** !

Todavía escondido en el tejado, Ned le susurró a su amigo:

—Cuando me oigas gritar «**SLIME**», quiero que bajes por la chimenea.

—¿«Slime»? —preguntó **Slime**, que había recuperado su forma pegostosa.

—Sí, **Slime**.

—¿Ahora mismo, quieres decir?

—¡No! Cuando diga «**slime**».

—Acabas de decirlo.

—Me refiero a cuando lo diga otra vez.

—¿El qué?

—¡«**Slime**»!

—¿AHORA?

—¡NO! ¡Y baja la voz, que podrían

oírnos! —susurró Ned—. Espera a oír la palabra mágica.

—¿¿¿También hay una palabra mágica??? —**Slime** se estaba haciendo un lío.

—¡Que nooo! «**Slime**» es la palabra mágica.

—¡Acabas de decirla!

—Ya, pero sólo cuenta la próxima vez que diga esa palabra.

—¿La próxima vez que digas «esa palabra»?

—¡Me vas a volver loco, **Slime**! ¡Bájame, anda!

Slime se convirtió en una vara por la que el chico se deslizó hasta el suelo. Luego una parte de la vara se desgajó de su cuerpo y se transformó en una enorme motocicleta.

Una motocicleta hecha de **slime**.

Una **slotocicleta**.*

¡PIII, PIII!

Con una sonrisa traviesa, Ned arrancó la slotocicleta y se fue hacia GALERÍAS ENVIDIA.

---

* Sale en el *Walliamsionario*, sabelotodos. ¡He dicho!

¡¡¡BRRRUM!!!

Una vez más, la tienda parecía desierta.

—¿Hola...? —llamó Ned—. ¿Hay alguien...?

No hubo respuesta, hasta que de pronto...

—¡BUUU!

Edmund y Edmond estaban agazapados detrás del mostrador y dieron un brinco. Edmund parecía tener el cráneo atravesado por una flecha de mentira y Edmond blandía un hacha de juguete.

—¡Vaaaya, qué susto más graaande me dieroooon! —dijo el chico con retintín. Se sentía bastante increíble montando su poderosa moto.

Los dos gemelos, en cambio, no parecían demasiado contentos.

—No esperábamos volver a verte —le informó Edmund.

—¡Pues aquí estoy, chicos! —replicó Ned.

—¡Qué moto más horrorosa! —le espetó Edmond, desdeñoso.

—Pues a mí me parece una maravilla —repuso el chico, acelerando.

¡BRRRUM, BRRRUM, BRRRUM!

—Sí, está chistosa... chistosita —dijo Edmond.

—Y chistosa... de rara —añadió Edmund.

—¡Saca ese cacharro de nuestra tienda ahora mismo!

—Y si lo que quieres es que te devolvamos el dinero del robot que dejaste hecho añicos, ¡ya te puedes ir olvidando!

—No, que va... —replicó Ned—. No es eso. Me preguntaba si tendrían un juguete...

—¿Un juguete? ¿Un juguete, dices? —farfulló Edmund—. Estás en GALERÍAS ENVIDIA de Edmund y Edmond, la mejor juguetería de toda la isla.

—La única juguetería de toda la isla —precisó Ned.

—¡Pero sigue siendo la mejor! —replicó Edmond.

—¿Qué andabas buscando, muchacho? —preguntó Edmund.

—¿Una pelota saltarina que nunca, pero nunca, para de botar...? —sugirió Edmond, sacando una pelota de detrás del mostrador y tirándola al suelo.

¡BOING! ¡BOING! ¡BOING! ¡BOING!

¡BOING! ¡BOING! ¡BOING!

¡BOING! ¡BOING! ¡BOING!
¡BOING! ¡BOING! ¡BOING! ¡BOING! ¡BOING! ¡BOING!
¡BOING! ¡BOING! ¡BOING! ¡BOING! ¡BOING! ¡BOING!
¡BOING! ¡BOING! ¡BOING! ¡BOING! ¡BOING! ¡BOING!
¡BOING! ¡BOING! ¡BOING! ¡BOING! ¡BOING! ¡BOING!
¡BOING! ¡BOING! ¡BOING! ¡BOING! ¡BOING! ¡BOING!
¡BOING! ¡BOING! ¡BOING! ¡BOING! ¡BOING! ¡BOING!

—¿Un patito de hule que explota? —sugirió su hermano gemelo—. ¡Te aseguro que es la bomba!

Dicho esto, activó el temporizador del juguete, se fue corriendo hasta la puerta y lo tiró a la calle.

¡¡¡BUUUM!!!

Un líquido blanco y denso chorreó por las ventanas.

¡CHOF! ¡CHAF! ¡CHUF!

La camioneta de reparto de leche había explotado. Cuando el lechero volvió al vehículo con una caja de botellas vacías, se quedó mudo de asombro.

—¿Un Scrabble sin vocales? —aventuró Edmond, tomando su propia versión del clásico juego de mesa.

—¡Ni consonantes!

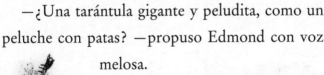

Los malvados hermanos rompieron a reír al unísono.

—¡JA, JA, JA!

El chico se limitó a sonreír mientras negaba con la cabeza. Ned no tenía ninguna prisa. De hecho, estaba disfrutando de lo lindo.

—¿Una tarántula gigante y peludita, como un peluche con patas? —propuso Edmond con voz melosa.

—¡Hasta muerde con veneno de verdad! —añadió Edmund.

¡ Ñ A C A !

—¿Una pistola de juguete que dispara papas enteras...? —sugirió Edmond, apretando el gatillo.

¡BANG!

La papa salió disparada y atravesó la ventana.

¡CATACRAC!

Entonces Edmund le propinó a Edmond un sonoro coscorrón.

¡ZAS!

—¡AAAY!

—¿Qué tal un globo que llenamos con nuestros propios gases? —continuó Edmund, soltando un poco del aire putrefacto.

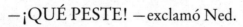

¡PRRRRRRRR...!

—¡QUÉ PESTE! —exclamó Ned.

¡Era realmente HEDION-DO!

—¿Y qué me dices de nuestro nuevo juego de serpientes y escaleras, que ahora viene con serpientes de verdad, VIVI-TAS Y COLEANDO?

Los gemelos abrieron la caja. ¡Para su horror, Ned vio cientos de serpientes retorciéndose en su interior!

—¡*SSSSSSSSSSSSS...!*

El chico cerró la caja de un manotazo.

—¡No! —exclamó—. Lo que busco es otra cosa. Algo todavía más desagradable que todos esos juguetes que han dicho.

Los dos hombres intercambiaron una mirada y pusieron cara de perplejidad, como si se preguntaran: «¿MÁS desagradable?».

—Desembucha de una vez, muchacho —le dijo Edmond—. En GALERÍAS ENVIDIA nos enorgullecemos de vender los juguetes más repugnantes del mundo.

—Lo sé —repuso Ned—. Todos los niños de la isla lo saben. ¡Pero hay un juguete capaz de espantarlos incluso a ustedes!

—¡JE, JE, JE! —rieron los dos hermanos.

—¡Nosotros estamos tan curados de espanto que no hay nada que pueda espantarnos! —exclamó Edmund.

—Bueno, vamos a comprobarlo. Edmond y Edmund Envidia...

—Creía que los dos nos llamábamos Edmond —dijo Edmund.

—¡CIERRA EL PICO! —bramó Edmond.

—Edmond y Edmund Envidia, dueños de GALERÍAS ENVIDIA, les doy la bienvenida al maravilloso mundo del...

Ned respiró hondo y gritó:

Capítulo 15
GOMITAS GIGANTES

Nada ocurrió.

Los hermanos Envidia miraron a su alrededor en la tienda de juguetes y volvieron a clavar la mirada en el chico.

—¿A qué viene tanto GRITERÍO, MUCHACHO? —preguntó Edmond.

—¡Estamos AQUÍ MISMO! —añadió Edmund.

Ned sintió una punzada de pánico. **Slime** estaba en lo alto del tejado, por lo que tal vez no lo hubiera oído.

No le quedaba otra que...

... ¡GRITAR MÁS FUERTE!

—DIJE QUE LES DOY LA BIENVENIDA AL MARAVILLOSO MUNDO DEL... ¡SLIME!

—repitió Ned.

Nada.

El plan no estaba saliendo según lo previsto.

—¡SLIME! —gritó el chico una vez más.

Nothing.

Niente.

Nasti de plasti.

Los gemelos Envidia intercambiaron una mirada.

—¿Por qué demonios gritas «SLIME» todo el rato? —preguntó Edmond.

—Porque si lo gritas aparece como por arte de magia —contestó el chico.

—¡Anda la osa!

—¡Mira nada más!

—Ahora verán —añadió Ned—. Lo diremos todos a la vez. ¡A la de tres! Uno, dos, tres...

Pero, antes de que pudieran gritar la palabra mágica, ¡**SLIME** hizo su aparición! Bajó a chorro por la chimenea y empezó a desparramarse por todos los rincones de

Galerías Envidia!

¡BLORP!

—¡Perdón por el retraso! —se disculpó **Slime**—. ¡Estaba haciendo popó!

Ned parecía desconcertado. No tenía ni idea de que **Slime** hiciera popó. ¿Cómo sería su popó? ¿Más **slime**? Pero ahora no podía detenerse a pensar en eso, pues en un abrir y cerrar de ojos toda la tienda quedó inundada de **slime**.

¡BLORP, ¡BLORP!

—¡NOOO! —gritaron los gemelos al unísono, y esta vez fue Ned el que se echó a reír.

—¡JA, JA, JA!

Los dos hombres estaban hundidos hasta las rodillas en aquel menjurje gelatinoso. **Slime** rescató a Ned y lo dejó a salvo sobre el mostrador.

—¡LARGO! —gritó Edmond, dirigiéndose al **slime** en general.

—¡FUERA! —bramó Edmund.

—¡QUE TE VAYAS! —se desgañitaron los dos, pero la marea de **slime** seguía subiendo.

¡BLORP, ¡BLORP!

—Escucha, **Slime**... —empezó el chico.

—**Dime, Ned** —respondió la masa viscosa, que ya les llegaba hasta el cuello.

—¡Quiero que te **translimorfes** en una docena de niños pequeños!

—¡¿¿¿QUÉ???! —exclamaron los gemelos.

—¿**Una docena nada más...?** —preguntó **Slime** con malicia.

—¡Pues que sean cien, que es una cifra redonda! —repuso el chico.

—¡NOOOOOO! —gritaron los dos hombres.

Pero no podían hacer nada para impedirlo.

Dicho y hecho: **Slime** se dividió en un centenar de pequeños pegostes, cada uno de los cuales tomó la forma de un niño. ¡Pronto había todo un ejército de lo que parecían gomitas gigantes con forma de bebé!

—¡NIÑOS! —gritó Edmond—. ¡NIÑOS Y MÁS NIÑOS! ¡ESTÁN POR TODAS PARTES!

—¡Escuchen, pequeños! —les dijo Ned—. ¡Pueden tomar todos los juguetes que quieran!

—¡NOOOOOO! —gritó Edmund.

Pero no había manera de detenerlos.

Niños de todos los tamaños, formas y colores fueron sacando los juguetes de las estanterías hasta que GALE-RÍAS ENVIDIA se quedó completamente vacía.

Los hermanos Envidia intentaron detenerlos arrebatándoles los juguetes de las manos, pero cada vez que lo hacían venía otro bebé de gomita por detrás ¡y les atizaba con un juguete en la cabeza!

¡PLONC!

—¡AAAYYY!

El más grandulón de todos los bebés de gomita se acercó al mostrador y Ned se

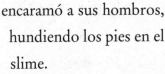

encaramó a sus hombros,
hundiendo los pies en el
slime.

¡CHOF!

—¡VÁMONOS DE
AQUÍ! —ordenó el chico.

Todos los demás bebés
de gomita gigantes salieron
tras él en perfecta formación, sosteniendo sus juguetes con orgullo.

Debió de correrse la voz de que algo estaba pasando en Galerías Envidia, porque la niña
del pelo rizado estaba de vuelta, y esta vez venía
acompañada. Una marabunta de niños llegados de

toda la **ISLA DE ESTIÉRCOL** congregó a las puertas de la tienda. Los bebés de gomita gigantes repartieron los juguetes entre todos ellos.

—¡Gracias, Ned!

—¡Eres el mejor!

—¡Esto es súper increíble!

—¡Los gemelos se lo tienen bien merecido!

—¡Guau! ¡Qué divertido! —exclamaban los pequeños, escabulléndose con el botín.

En el interior de la tienda, Edmond y Edmund eran la viva imagen de la desolación. Se dejaron

caer de rodillas en el suelo y rompieron a llorar como magdalenas.

—¡BUAAAAAAAAAAAAAAAAAAAAAA!

Entonces Ned abrió la puerta despacio y gritó a través de la rendija:

—¡¡¡BUUU!!!

—¡ARGH!

—gritaron los gemelos.

Capítulo 16

EL VERDE PERFECTO

Desde las alturas, los dos amigos avistaron el parque de la isla. **Slime** se había **translimor-fado** en un pterodáctilo, el reptil volador que había dominado los cielos millones de años atrás.

Ned iba montado sobre el lomo del animal, con una sonrisa deorejaaorejástica.*

Un pterodáctilo ensombreciendo el cielo habría sido una visión terrorífica para cualquier persona que estuviera allá abajo, pero nunca había nadie en el parque de **ESTIÉRCOL** porque el vigilante no lo permitía.

Ava Avaricia había nombrado al viejo capitán Fanfarrón vigilante oficial del parque. El hombre estaba tan orgulloso que lo consideraba su reino particular o **particuleino**,** y no dejaba entrar a nadie.

Es bastante habitual ver letreros de «**PROHIBI- DO PISAR EL CÉSPED**» en los parques públicos.

Un letrero que diga «**PROHIBIDO PISAR LOS SENDEROS**» ya no es tan habitual.

---

* Sale en el *Walliamsionario*, así que hagan el favor de no dudar de la existencia de esta palabra. ¿Qué mejor prueba podría haber?

** Está bien, reconozco que acabo de inventarme esta palabra. Habrá que añadirla al segundo volumen del exhaustivo *Walliamsionario*, que ya tiene más de un millón de páginas.

Y apuesto a que nunca han visto ninguno que diga **«PROHIBIDO PISAR EL PARQUE»**.

El capitán Fanfarrón tenía a su cargo el parque más perfecto no ya de toda la isla, sino del mundo entero.

La hierba tenía siempre un tono de verde ideal, ni tirando al amarillo, ni al café. Puro verde césped. Si una brizna de hierba amarilleaba siquiera un poco, el capitán Farruco, que en tiempos había pertenecido a la Guardia Real, la inspeccionaba **suspendido** en el aire gracias al Aparejo Fanfarrón, un sofisticado artilugio compuesto por un cabrestante, un arnés y una serie de cuerdas y poleas, que le permitía **suspenderse** sobre la hierba sin llegar a tocarla.

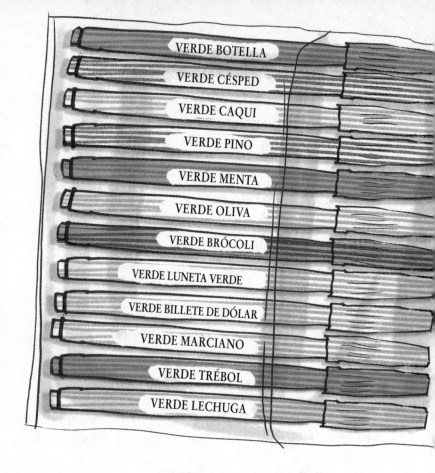

VERDE BOTELLA
VERDE CÉSPED
VERDE CAQUI
VERDE PINO
VERDE MENTA
VERDE OLIVA
VERDE BRÓCOLI
VERDE LUNETA VERDE
VERDE BILLETE DE DÓLAR
VERDE MARCIANO
VERDE TRÉBOL
VERDE LECHUGA

Cuando eso ocurría, el capitán sacaba su estuche de veinticuatro plumones verdes (con todas las tonalidades de verde imaginables) y, suspendido a un palmo del suelo, pintaba la brizna de hierba descolorida del tono adecuado para que no desentonara entre las demás. Eso era precisamente lo que estaba haciendo cuando oyó un batir de alas prehistóricas.

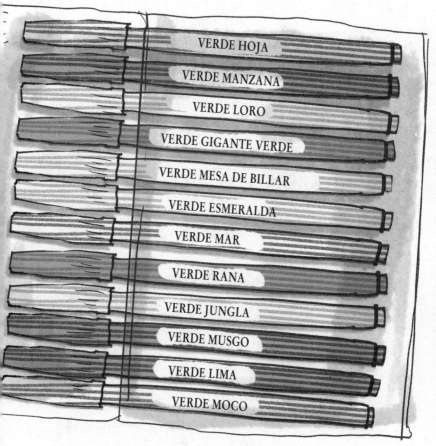

VERDE HOJA

VERDE MANZANA

VERDE LORO

VERDE GIGANTE VERDE

VERDE MESA DE BILLAR

VERDE ESMERALDA

VERDE MAR

VERDE RANA

VERDE JUNGLA

VERDE MUSGO

VERDE LIMA

VERDE MOCO

¡FLAP, FLAP, FLAP!

Entre todas las cosas que el vigilante del parque hubiera esperado ver ese día, no estaba un reptil volador.

Durante los años que sirvió en el ejército, y sobre todo mientras estuvo destinado en la jungla, el capitán Fanfarrón había vivido cosas aterradoras, como por ejemplo...

... despertarse y descubrir que una serpiente pitón estaba digiriendo lentamente su pie derecho.

—¡ARGH!

—*¡SSSSS...!*

... recibir una ráfaga de metralla en las posaderas.

¡BUUUM!

—*¡RECÓRCHOLIS!*

... cruzar un río por las piedras pasaderas y descubrir a medio camino que en realidad no eran piedras, sino cocodrilos hambrientos.

¡ÑACA!

¡ÑACA!

¡ÑACA!

... toparse con una manada de gorilas empeñados en jugar a las traes con él.

—¡GRUNF, GRUNF, GRUNF!

—¡ARGH, ARGH, ARGH!

... verse sorprendido por una estampida de elefantes...

¡PUMBA, PUMBA, PUMBA!

... y pasar semanas aplanado como una tortilla.

... mirarse en el espejo para afeitarse la barba y darse cuenta de que en realidad no tenía barba, sino una enorme oruga peluda agarrada a la cara.

—¡¡¡NOOOOOOOOO!!!

... jalar lo que creía que era la cadena del escusado y descubrir que en realidad era la cola de un tigre.

—¡GRRR!

... ponerse los pantalones y darse cuenta de que estaban infestados de cucarachas.

¡TIQUI, TIQUI, TIQUI!

... chocar de frente con un hipopótamo hambriento. La criatura eructó con tanta fuerza que el pobre capitán salió volando.

¡BURP!

¡CATAPUMBA!

... y lo más horripilante de todo: meterse en la tienda que utilizaba como cuarto de aseo y sorprender al viejo comandante ¡dándose un baño!

¡POR EL AMOR DE DIOS, CAPITÁN! ¡LA PRÓXIMA VEZ TOQUE LA PUERTA! ¡QUE ESTOY COMO DIOS ME TRAJO AL MUNDO!

Pero lo que el capitán Farruco no había visto nunca era un pterodáctilo (algo comprensible, puesto que se habían extinguido millones de años atrás), y no digamos ya un pterodáctilo hecho de slime con un niño a la espalda.

—PERO ¡¿QUÉ DIANTRES...?! —exclamó el hombre.

Tal fue su sorpresa que dejó caer al suelo el estuche de veinticuatro plumones verdes.

¡ C A T A P L Á N !

Cuando intentó recoger sus preciosos rotuladores, el capitán soltó sin querer la palanca del aparejo.

¡ZAS!

La cuerda se enrolló rápidamente a través de las poleas.

¡TRIS, TRAS!

Sin saber muy bien cómo, el capitán acabó colgado boca abajo.

¡TOING!

Entonces empezó a balancearse de acá para allá en una postura muy poco digna de su porte militar.

¡ZIS, ZAS! ¡ZIS, ZAS! ¡ZIS, ZAS!

De tanto agarrar impulso, se golpeó la cabeza contra un árbol.

¡CLONC!

Y, al retroceder, se pinchó el trasero en un rosal.

¡AUCH!

Y entonces vio horrorizado cómo el pterodáctilo de slime (o **SLIMODÁCTILO**)* se posaba con todo su poderío en el parque ¡y clavaba las afiladas garras en el césped!

---

*Esta palabra cuenta con el reciente y prestigioso aval del *Walliamsionario*.

—¡¡¡NOOOOOO!!! —gritó el capitán Farruco, meciéndose con todas sus fuerzas para intentar liberarse del aparejo.

¡ZAS!

Y lo consiguió, aunque fue a caer de cabeza en un seto.

¡PUMBA!

—¡AAAY! ¿No viste el letrero... dinosaurio? —bramó el capitán Fanfarrón, sacudiéndose hojas y ramitas del saco y atusándose el bigote.

—¡PROHIBIDO PISAR EL CÉSPED!

El pterodáctilo se **translimorfó** de nuevo en un gran pegoste de slime. Ned se deslizó por su espalda y fue a sentarse en la banca del parque, algo que nadie había osado hacer jamás. Al fin y al cabo, había un gran letrero junto a la banca que decía:

—¿Qué demonios es esa cosa, muchacho? —le preguntó el capitán.

—Un amigo —contestó Ned.

—**¡Me llamo Slime!** —intervino la criatura, alargando una mano blanda y viscosa para que el capitán se la estrechara.

El hombre hizo una mueca de asco.

Desde la banca, el chico contempló el césped inmaculadamente verde que había a sus pies.

—¡Mire nada más cómo luce este césped, capitán Fanfarrón! —comentó con malicia.

—¡FUERA, dije! ¡Me pasé toda la mañana sacándole brillo! —protestó el hombre, blandiendo a modo de prueba un cepillo de dientes que sacó del bolsillo del saco.

—**Hay otro letrero que dice «Prohibido pisar el sendero»** —observó **Slime**.

—¡EXACTO! —replicó el capitán.

—**Bueno, pero entonces dígame, si es tan amable, ¿dónde podemos pisar?** —preguntó **Slime**.

—¡Donde se les dé la gana, mientras no sea en mi parque! ¡Largo de una vez!

Pero Ned y **Slime** no tenían ninguna intención de marcharse.

Los dos amigos intercambiaron una mirada cómplice.

¡Lo que estaban a

punto de hacer!

Capítulo 17
EL LIBRO DE INCIDENCIAS DEL PARQUE

—**O**iga, Fanfarrón, ¿se acuerda de aquella vez que se me escapó la pelota de basquetbol y fue rodando hasta el césped? —preguntó Ned, todavía sentado en la banca.

—¡Capitán Fanfarrón, si no te importa! —corrigió el hombre.

—¿Lo recuerda usted, soldado Fanfarrón? —replicó Ned, que disfrutaba provocándolo.

—¡CAPITÁN! Y sí, lo recuerdo bien —dijo el vigilante del parque—. Todos los hechos graves quedan anotados en mi libro de incidencias del parque.

El hombre sacó del bolsillo del saco una libretita de piel con tapas rojas que decía LIBRO DE INCIDENCIAS DEL PARQUE.

—Veamos... «Uno de enero —empezó Fanfarrón, hojeando la libreta—. El año empezó con el pie izquierdo, porque a las cero siete de la mañana un envoltorio de caramelo sumamente ofensivo entró en el parque arrastrado por el viento. ¡Toda la zona quedó acordonada hasta que se identificó y sancionó al culpable de haber arrojado al suelo el susodicho envoltorio!»

Ned y **Slime** se miraron y entornaron los ojos.

—«Catorce de febrero. A las cero nueve de la mañana, una paloma deja un regalito en la banca recién encerada. Procedo a interrogar a todas las palomas del parque en el cobertizo de los aperos hasta que una de ellas acaba cantando o, mejor dicho, zureando.»

Ned y **Slime** resoplaron de impaciencia.

—¡Ah, sí, aquí está! «Tres de marzo —el hombre se iba animando—. A las once cero cero de la mañana, una pelota de basquetbol cae sobre la hierba del parque tras **rebotar** en las canchas cercanas y saltar por encima del muro. **Rebota** varias veces (concretamente, siete) hasta que al fin se detiene. Una brizna de hierba pierde la vida y otra resulta gravemente herida. La pelota de basquetbol recibe su merecido al instante y con precisión militar: la poncho con mi palo de recoger basura.»

¡PFFF!

—Mi abuela me la había regalado de Navidad —se lamentó Ned—. ¡Me la envió desde la ISLA DE PESTILENCIA! Rebotó y saltó al otro lado del muro por accidente. ¿Por qué no me la devolvió como le pedí?

—¡Sí te la devolví! —protestó el capitán, con los pelos del bigote todos tiesos.

—¡Sí, después de haberla ponchado! —replicó el chico.

—¡El caso, muchacho, es que te la devolví! —insistió el hombre, con un tic que le hacía temblar el párpado izquierdo—. Y ahora lárguense de mi parque. ¡ES UNA ORDEN!

Ned miró a **Slime**.

—Tiempo al tiempo. Primero, le daremos algo que apuntar en ese LIBRO DE MENUDENCIAS DEL PARQUE.

—¡Se llama LIBRO DE INCIDENCIAS, no DE MENUDENCIAS! —corrigió el capitán.

—**¡Slime!** —continuó Ned como si nada—. Creo que ha llegado el momento de hacer una de nuestras travesuras...

—**¡Por supuesto!** —exclamó su amigo.

—Dame mil envoltorios de caramelos, si no te importa...

—PERO ¡¿QUÉ DEMONIOS...?! —farfulló el capitán Farruco.

—¡AHORA! —ordenó el chico.

—¡ALTO! —gritó Fanfarrón. El hombrecillo podía desgañitarse, pero era demasiado tarde. **Slime** se **translimorfó** en un millar de envoltorios de caramelo de todos los colores imaginables que flotaba en el aire, meciéndose con la brisa. El capitán Fanfarrón corría en círculos, intentando agarrarlos en el aire.

—¡JA, JA, JA! —reía Ned—. ¡Ahora dame cien pelotas de basquetbol!

Al instante, los envoltorios de caramelo se aglutinaron para formar pelotas que **rebotaban** alegremente en el césped.

¡BOING!

¡BOING!

¡BOING!

—¡El césped! ¡Mi precioso césped! ¡Prohibido pisar el césped! —gritaba Fanfarrón. Pero había demasiadas pelotas sueltas. El hombre se fue corriendo por el palo para poncharlas, pero lo único que consiguió fue acabar empapado en **slime**.

—¡**No nos olvidemos de las palomas!** —dijo una pelota con la cara de **Slime**.

—¡Es verdad! —exclamó Ned.

En menos que canta un gallo, cada una de las pelotas de basquetbol se transformó en una paloma. Pero no en una paloma común y corriente, sino en una paloma con la panza revuelta. ¡Una paloma palomera con mucha diarrea!

—¡RRRU, RRRU, RRRU!

¡CHOF, CHOF, CHOF!

Mientras revoloteaban de aquí para allá haciendo acrobacias en el aire, las palomas soltaban una lluvia de popó de **slopó** (o **slaca**)* multicolor.

---

* Probablemente una de las palabras más usadas en nuestra lengua. De ahí que se haya incluido en el *Walliamsionario*.

¡CHOF, CHOF, CHOF!

El césped se arruinó.

¡CHOF, CHOF, CHOF!

El sendero se arruinó.

¡CHOF, CHOF, CHOF!

El cobertizo quedó arrui-
nadísimo.

¡CHOF, CHOF, CHOF!

—¡ALTO! —gritó el capitán Fanfarrón con todas sus fuerzas—. ¡Les
ordeno que PAREN en nom-
bre de Ava Avaricia!

—¡Una última acrobacia! —ordenó Ned.

Slime sabía a qué se refería el chico, y las palomas se reagruparon de inmediato en perfecta formación militar, como si llevaran toda la vida en las fuerzas aéreas. Cambiaron de rumbo en las alturas y, todas a una, bajaron en picada hacia el capitán Fanfarrón.

—¡ALTO! —vociferó el hombre—. ¡Es una orden!

Pero las palomas mantuvieron el rumbo.

¡FIUUU!

El viejo soldado se echó a correr, pero las palomas de **slime** eran más rápidas que él y pasaron por encima del capitán en un vuelo al ras, descargando sus proyectiles sin compasión.

¡CHOF, CHOF, CHOF! ¡CHOF, CHOF, CHOF! ¡CHOF, CHOF, CHOF!

El capitán Fanfarrón había quedado arruinado.

—¡BICHOS ASQUEROSOS! —gritó el hombre.

El bigote, el saco, los pantalones, las botas relucientes... Estaba SUCIO DE PIES A CABEZA.

—¡Vaya, vaya! —exclamó Ned—. Diría que se manchó el uniforme, capitán Almenrrón!

Una ira ciega se apoderó del vigilante del parque.

—¡ME LAS PAGARÁS, CANALLA! —gritó el hombre, y se fue hacia Ned blandiendo el palo—. ¡AHORA VERÁS! ¡Y NO ME LLAMO ALMENRRÓN, SINO FAN-FARRÓN!

Justo entonces las palomas de **slime** bajaron en picada, recogieron a Ned de la banca del parque y se lo llevaron volando.

—¡Otro día será, capitán Traburrón! —dijo el chico desde las alturas.

Con el batir de cien alas gelatinosas, Ned se elevó en el cielo y desapareció

más allá de las nubes.

Capítulo 18
BOMBA TRASERIL

Madame Olga Holgazana era la profesora de piano de la isla. Lo lógico sería que enseñara a sus alumnos a tocar el piano, ¿verdad? Pues de eso, nada.

Holgazana era la profesora de piano más floja de todos los tiempos. Hacía lo que fuera con tal de no tener que enseñar nada a los niños de la isla.

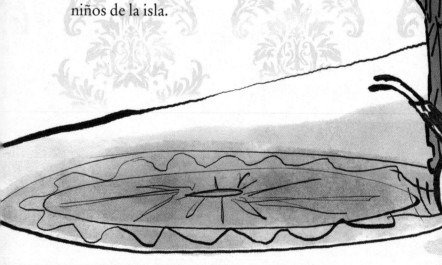

Cada vez que Ned iba a su casa a regañadientes para la clase semanal de piano, madame Olga Holgazana lo miraba por encima del hombro y, sin dirigirle la palabra, alargaba la mano para que le pagara. Cuando el chico le entregaba el dinero, la profesora se acercaba con parsimonia a su viejo gramófono y ponía un disco en el que se había grabado a sí misma dando clase de piano. Lo hacía por si algún adulto pasaba por delante de la casa y descubría qué estaba haciendo en realidad.

Es decir, nada en absoluto.

«Muy bien, ahora vuelve a tocar las escalas para que las oiga», ordenaba la voz grabada en el viejo disco rayado.

Entonces se oía a alguien golpeando las teclas del piano.

¡PLONC, PLONC, PLONC!

Llegados a este punto, Olga Holgazana se tumbaba en el diván y se echaba una buena siesta.

—¡JJJJRRR!

PFFF...

¡JRRR...!

A lo largo de una hora, nada podía despertarla salvo una de sus propias **bombas traseriles**.

¡CATAPUM!

Eran tan atronadoras como una ópera de Wagner.

Si no la despertaban sus bombas traseriles, el viejo reloj dorado de sobremesa que adornaba la repisa de la chimenea empezaba a sonar transcurrida una hora, anunciando que la clase había llegado a su fin.

¡DING!

¿Cómo es que madame Holgazana se salía con la suya? Porque Ava Avaricia no hacía nada para impedirlo. De hecho, la animaba a seguir con sus fechorías. Veía con buenos ojos cualquier cosa que hiciera desgraciados a los niños.

Puesto que nunca había aprendido a tocar el piano en todos los años que había sufrido las «lecciones» de madame Holgazana, ¡Ned se veía obligado a seguir yendo a clase con ella semestre tras semestre!

Un día, cuando su madre volvió a casa del mercado, el chico le contó lo que había aprendido en las clases de Olga Holgazana, es decir:

NADA. CERO PETATERO.

NIENTE.

N O T H I N G. NARIZ DE PERRO GRIS.

Por supuesto, la madre de Ned no se lo creyó. Madame Olga Holgazana la tenía engatusada, como a todos los demás adultos de la isla, y la había convencido de que era la profesora de piano más fantabulosa del mundo.

Además de la artimaña del gramófono, madame Holgazana guardaba otros ases en la manga de su blusa floreada.

Si un niño osaba quejarse de sus clases, que eran un atraco a mano armada, la mujer levantaba la tapa del piano y lo encerraba en su interior.

¡ C L O N C !

De este modo, podía seguir durmiendo la siesta sin que nadie la molestara.

—¡SÁQUEME DE AQUÍ!

—¡JJJJJJRRRRRR!... PFFF... ¡JJJJJJRRRRRR!... PFFF...

Si un niño se quejaba de ella con sus padres, madame Holgazana dejaba el taburete del piano volteado al revés y lo obligaba a sentarse en una de las patas ¡durante toda la clase!

—¡CACHIS!

Si un niño cometía la imprudencia de despertar a madame Holga-

zana de su sies-
ta, lo colgaba de
los tobillos y lo
obligaba a tocar el
piano con la nariz.

—¡AY, AY, AY!

—¡ *C L O N C,*
CLONC, CLONC!

Un día, Ned decidió que no
podía más. Mientras madame Holgazana estaba
tumbada en el sofá, roncando y soltando **bombas traseriles**...

—¡JJJJJRRRRR!... PFFF... ¡JJJJJRRRRR!... PFFF...

... el chico gritó:

—¡HASTA AQUÍ LLEGAMOS! ¡NO PIEN-
SO VOLVER NUNCA MÁS A SUS ESTÚPI-
DAS CLASES DE PIANO!

Ni que decir tiene que la profesora se despertó
de muy MAL HUMOR. Sin decir una palabra,

madame Holgazana salió de la habitación y se fue hacia la cocina. Mientras Ned esperaba sentado en el taburete del piano, un poco perplejo, la mujer volvió cargando no una, ni dos, ni tres, sino seis latas de frijoles cocidos. Una tras otra, las abrió y las engulló sin masticar, como si fuera un forzudo del circo en plena exhibición. Entonces su panza empezó a hacer unos ruidos de lo más inquietantes, como si fuera una caldera que estuviera a punto de estallar.

—¡Tengo que irme! —anunció Ned.

—Un momentito —lo retuvo madame Holgazana.

Entonces se fue hacia el chico. Por su forma de moverse, con pasitos cortos y arrastrando los pies, era evidente que estaba apretando los cachetes. No los de arriba, sino los de abajo, ustedes ya me entienden. Cuando tenía el trasero a la altura de la nariz del chico, Olga Holgazana relajó los músculos de esa parte del cuerpo.

—NOOOOOOOOOOOO! —exclamó Ned, horrorizado.

Madame Holgazana soltó la **BOMBA TRASE-RIL** más explosiva de todos los tiempos.

¡CATAPLUM!

El estallido fue tan potente que el pobre Ned salió disparado por la ventana.

¡ZAS!

Como ven, tanto él como los demás niños de la isla habían sufrido lo suyo a manos de la espantosa mujer. Ned no podía desaprovechar la oportunidad de darle una lección a su profesora de piano. La gran pregunta era: ¿**cómo**?

Capítulo 19
BAILAR AL SON DEL SLIME

Puede que esto les sorprenda, pero, pese a ser profesora de piano, madame Holgazana no sabía tocar ese instrumento. Ni una sola nota. De hecho, detestaba el sonido del piano, y de la música en general.

El único sonido que le gustaba era el SILENCIO.

Porque cuando reinaba el silencio podía dormir en paz.

Mientras sobrevolaba la isla en compañía de **Slime**, Ned avistó el tejado de la gran mansión blanquinegra de madame Holgazana. Su casa era fácilmente reconocible porque tenía una piscina con forma de piano que habría pagado, sin duda, con el dinero que estafaba a sus alumnos.

—¡Ahí está! —exclamó el chico.

Los dos amigos bajaron en picada hasta el jardín de la casa. A través de la ventana vieron —¡oh, sorpresa!— que la profesora de piano, por llamarla de algún modo, dormía a pata suelta en el diván, ronquido va, ronquido viene.

—*¡JJJJJJRRRRRR!... PFFF... ¡JJJJJJRRRRRR!... PFFF...*

En la otra punta de la habitación había una niña que supuestamente estaba aprendiendo a tocar el piano. La pobre se sostenía sobre una sola pierna en el taburete e intentaba que no se le cayera un libro de partituras que sujetaba sobre la cabeza. Seguramente era un castigo que le había impuesto madame Holgazana por haber osado enfrentar a la profesora de piano más vaga del mundo.

La bandada de palomas depositó a Ned en el suelo y se **translimorfó** de nuevo en un gran pegoste.

La niña que intentaba mantener el equilibrio sobre el taburete parecía a punto de desmayarse. Tenía la cara roja como un tomate y sudaba por todos los poros. Debía de llevar casi una hora apoyada en un solo pie, como un flamenco.

Ned le indicó por señas que podía irse.

—¿Estás seguro? —preguntó la niña, articulando las palabras sin pronunciarlas. Le tenía verda-

dero pavor a la mujer que dormía desparramada en el diván.

Ned volvió a asentir con la cabeza.

Con mucho cuidado, la niña apoyó la otra pierna y soltó un profundo suspiro de alivio.

—¡Gracias! —dijo, moviendo los labios en silencio, y se fue de la habitación caminando de puntitas.

Slime se deslizó por debajo de los pies del chico y se convirtió en una pelota gigante que se infló hasta dejarlo a la altura de la ventana abierta.

Ned se coló en la habitación y aterrizó sobre un taburete de piano. La **bola de slime** intentó seguirlo, pero no cabía por el hueco de la ventana.

¡PUMBA, PUMBA, PUMBA!

Entonces **Slime** se desinfló lo bastante para poder pasar al otro lado.

¡CHUAC!

—¡Shhhh! —le ordenó Ned—. ¡No queremos despertar a madame Holgazana, al menos de momento!

¿Cuál es la mejor manera de despertar a alguien que adora el silencio?

¡Con el ruido más estruendoso del mundo, claro está!

—**¡Slime!** —empezó el chico, casi sin aliento. Había tenido una idea tan genial que apenas podía hablar.

—**¿Si...?** —contestó **Slime**, recuperando su forma pegostosa.

—Necesito que te transformes en la orquesta más grande del mundo.

—**¡Por supuesto!**

—Y quiero que hagas el ruido más ruidoso que se haya... **RUIDADO*** nunca —concluyó Ned tras dudar unos segundos.

Era una manera perfecta de vengarse de las **bombas traseriles** de madame Holgazana.

---

* Verbo que sin duda encontrarán en el que tal vez sea el libro más importante jamás publicado, el **Walliamsionario**.

Al instante, **Slime** se dividió en un centenar de pegostes. Estos **pegostes** más pequeños se denominan **pegostillos**.* Uno tras otro, los **pegostillos** fueron tomando forma.

Los **pegostillos** se **translimorfaron** en instrumentos musicales a una velocidad tan vertiginosa que Ned los veía y deseaba tiempo para nombrarlos.

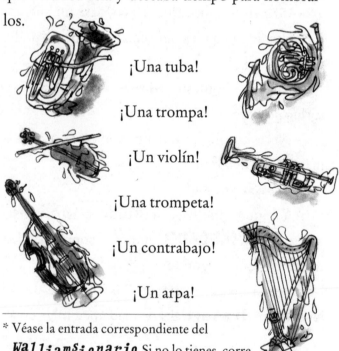

¡Una tuba!

¡Una trompa!

¡Un violín!

¡Una trompeta!

¡Un contrabajo!

¡Un arpa!

---

* Véase la entrada correspondiente del *Walliamsionario*. Si no lo tienes, corre a comprarlo hoy mismo. Y no te quedes corto: ¡ya que estás en esas, compra cien ejemplares!

¡Unos platillos!

¡Un xilófono!

¡Un bombo!

¡Y por último, mas no por ello
menos importante, un
gigantesco gong!

Madame Holgazana seguía roncando en su diván, sin sospechar la que se le venía encima.

—¡JJJJJRRRRRR!... PFFF... ¡JJJJJJRRRRRR!... PFFF...

—Muy bien, instrumentos —empezó Ned—, reúnanse alrededor de ella ¡y yo dirigiré la orquesta!

Cuando todos los instrumentos ocuparon su lugar, lo más cerca posible de la profesora de piano, Ned se dispuso a hacer de director. Tomó un plátano de la fuente que había sobre la mesita de centro para usarlo a modo de batuta. Había visto un concierto de música clásica por la tele, así que tenía alguna idea de lo que debía hacer.

Primero, dio unos golpecitos con el plátano sobre la mesa para asegurarse de que todos los instrumentos de **slime** le prestaban atención.

¡PLAF, PLAF, PLAF!

Madame Holgazana seguía roncando y pedorreando como si nada.

—¡JJJRRR!... PFF... ¡JJJRRR!... PFFF... ¡PRRR...! ¡PRRRRRR...! ¡PRRRRRRRRR....!

Sus **bombas traseriles** eran tan hediondas que arrancaban el papel tapiz a jirones.

Todos los instrumentos de la orquesta de **slime** (o **slorquesta**)* se voltearon hacia el director. Ned asintió con solemnidad y blandió el plátano en el aire.

---

* Reconozco que algunas de estas palabras suenan mejor que otras, pero las encontrarán todas en el *Walliamsionario*.

El ruido más ruidoso que se haya ruidado
jamás hizo temblar los cimientos de la casa.

Madame Holgazana dio un salto tan tremendo que salió despedida hacia arriba.

Atravesó el techo de la sala del piano.

¡CATAPLÁN!

Atravesó el techo de su propio dormitorio, que estaba en la planta superior.

¡CATAPLÁN!

Y finalmente atravesó la buhardilla y el tejado de la casa.

¡CATAPLÁN!

—¡ARGH! —gritó la mujer mientras surcaba el cielo como un misil.

Ned miró hacia fuera por el boquete que madame Holgazana había dejado en el tejado y sonrió, muy contento consigo mismo.

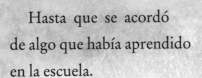

Hasta que se acordó de algo que había aprendido en la escuela.

Algo importante.

La ley de gravitación universal de Isaac Newton.

Que podría resumirse como sigue: todo lo que sube, baja.

—¡ARGH! —gritó madame Holgazana otra vez. No es que gritar sirviera de mucho, pero parecía lo adecuado, dadas las circunstancias.

La voluminosa mujer caía en picada, yendo directo hacia el pequeño Ned. Si no hacía algo cuanto antes, ¡acabaría convertido en **slime** humano!

—¡¡¡SOCOOORROOO!!! —gritó, sumando sus gritos a los de la profesora—. ¡EL PIANO!

Sobre la marcha, **Slime** recuperó su forma original, alargó los brazos elásticos en torno al gran piano de cola de madame Holgazana y lo arrastró hasta dejarlo debajo del boquete del techo, apartando de paso a Ned, que seguía sentado sobre el taburete.

—¡ARGH! —gritó la mujer ¡segundos antes de desplomarse sobre su propio piano de cola!

¡CLONC! ¡CLANC! ¡PLONC!

¡CATAPUMBA!

¡CRAC!

¡TOING!

—¡Mi pianooo! —exclamó la profesora, atrapada en el amasijo de madera, teclas y cables en que se había convertido el instrumento—. ¡Ya no podré dar clases!

—¡Nunca lo ha hecho! —replicó el chico.

—¡NED! —gritó madame Holgazana—. ¡ME LAS PAGARÁS!

La mujer intentó desatorarse del piano y ponerse en pie, pero en ese instante el reloj dorado de la chimenea se cayó de la repisa y la golpeó en la cabeza.

¡CLONC!

—¡¡¡AAAY!!! —farfulló Olga Holgazana.

—¡Otra misión cumplida! —exclamó Ned.

—¡**Un placer, como siempre!** —dijo **Slime** mientras se **translimorfaba** en un cohete—. **¡PASAJEROS A BORDO!**

Con una gran sonrisa, el chico se subió encantado encima de su amigo.

Entonces el cohete de **slime** despegó a toda velocidad, salió por el agujero del tejado y desapareció en las alturas.

¡FIUUU!

—*¡ABRAN PASO, QUE ALLÁ VOOOY!* —exclamó Ned. Se la estaba pasando en grande.

Capítulo 20

MALEANTES AMBULANTES

Helados Glotón era el nombre de la única heladería móvil de la isla.

Sus propietarios eran una pareja, Glen y Glenda Glotón. Se suponía que vendían helados, pero lo que hacían en realidad era comérselos todos sin dejar ni pizca.

Tenían una técnica infalible para estafar a todos los niños de la isla.

Estacionaban el camión de los helados delante del parque infantil, la escuela o la playa, cualquier lugar de la isla en el que se reunieran los niños. Entonces la señora Glotón se asomaba por la ventanilla del camión que funcionaba como mostrador.

—¿Cuál de nuestros deliciosos helados te apetece probar, tesoro? —preguntaba con voz melosa. Tenía un tono de voz dulce y otro amargo. Enseguida les hablaré del amargo.

—¡Yummm! —exclamó Ned un día al ver el cartel que anunciaba un sinfín de deliciosos toppings.

—No hay prisa, tesoro.

—¡Quiero un cono de helado con chocolate derretido, chispas de chocolate y un bastoncito de chocolate, por favor!

Digamos que le gustaba el chocolate.

—Tú sí que sabes, jovencito. ¡A ver ese dinero!

—¿Puede cambiarme un billete de una libra, por favor? —preguntó el chico. Se lo había regalado su abuela de Navidad.

—¡Por supuesto que sí, tesoro!

En cuanto Ned le tendió el billete, la mujer se lo arrancó de la mano y gritó:

—¡ARRANCA, SEÑOR **GLO-TÓN**!

Así sonaba su tono de voz amargo.

Glen Glotón, que iba sentado al volante, pisó el acelerador a fondo y la pareja arrancó a toda máquina.

¡BRRRUUUM!

Mientras se alejaban, los heladeros gritaron al unísono:

—¡HASTA NUNCA, MUGROSO!

El pobre Ned se quedó allí plantado como un bobo, en medio de una humareda con olor a caucho chamuscado.

Sin helado.

Sin dinero.

¿Cómo era posible que los Glotón se salieran con la suya una y otra vez?

La respuesta era Ava Avaricia, por supuesto. Muchos habían intentado que la pareja pagara por sus fechorías, pero Avaricia siempre ejercía su poder para que no acabaran entre rejas. La anciana sentía una alegría inmensa al pensar en la cantidad de niños a los que ese par de delincuentes habían hecho infelices. La **ISLA DE ESTIÉRCOL** solía recibir numerosos visitantes, víctimas inocentes que caían sin remedio en la trampa de los Glotón.

La pareja de maleantes ambulantes daba mala imagen a su propia mercancía. Devoraban tal cantidad de helado, sorbiéndolo directamente de la manguera dispensadora, que tenían los dientes llenos de caries o se les habían caído de raíz. A veces, un diente podrido salía volando a media frase y golpeaba a un niño en la cabeza.

¡C L I N C !

Además, de tanto comer helados, Glen y Glenda Glotón estaban gordísimos. De hecho, nunca salían del camión... ¡porque no podían!

¡No pasaban por la puerta!

Así que los Glotón dormían en el camión, comían en el camión y hasta hacían lo que están pensando en el camión.

Ni se les ocurra pedir las chispas de chocolate. Su olor no es demasiado apetitoso, que digamos.

Mientras sobrevolaba la isla a bordo del **slohete**,* Ned avistó una larga fila de niños. Eran alumnos del exclusivo internado de la **ISLA DE PAPANATAS**.

---

* El **Walliamsionario** nunca se equivoca.

Se reconocían a leguas por sus horribles sacos amarillos y morados.

Seguramente habían ido a visitar la atracción turística más aburrida del mundo, la **FORTALE-ZA MEDIEVAL DE ESTIÉRCOL**. No era más que una ruina, un puñado de piedras que parecían brotar del suelo, pero como era tan antigua, los adultos habían decidido que los niños tenían que pasar horas contemplándola.

—¡BAJEMOS! —ordenó el chico.

El **slohete** se quedó planeando a cierta distancia de los niños. Estaban tan abatidos que ni siquiera sonrieron al ver un cohete hecho de **slime**.

—¿Qué pasó? —les preguntó Ned desde arriba.

—¡Fueron esos **malditos** heladeros! —dijo un niño entre sollozos.

—¡Se largaron con todo nuestro dinero después de que les encargáramos un montón de helados! —farfulló otro.

—¡Y los muy groseros nos dijeron «¡HASTA NUNCA, MUGROSOS!» mientras se daban a la fuga en su camión destartalado y roñoso! —añadió un tercer niño, sorbiéndose la nariz.

—Creíamos que un buen helado nos ayudaría a superar la profunda decepción que nos llevamos

con la atracción turística más aburrida del mundo
—se lamentó una niña—, pero estábamos equivo-
cados...

—¡Esta ha sido la peor excursión de toda mi
vida! —bramó un quinto alumno.

—Con decirte que ahora mismo preferiría estar
en el

INTERNADO PAPANATAS PARA NIÑOS DE BUENA FAMILIA,

¡haciendo dos horas seguidas de mate!

—¡No puede haber nada peor que hacer dos
horas seguidas de mate! —exclamó Ned.

—¡Sí lo haaay! —replicó el niño de antes, y rompió a llorar—. ¡Buaaa, buaaa!

Al oírlo, los demás alum-
nos del Internado PAPA-
NATAS no pudieron conte-
ner las lágrimas.

¡BUAAA, BUAAA, BUAAA!

Aquello era una sinfonía de sollozos.

—Estos niños me están poniendo los nervios de punta —murmuró **Slime**.

—¡Shhh! —ordenó Ned, y volteándose hacia los niños preguntó—: ¿Por dónde se fueron los **maleantes ambulantes**?

Pero era tal su lloradera que no podían articular palabra.

—¡Oh, basta! —murmuró **Slime**.

—¡SILENCIO!

Así que los niños se limitaron a señalar.

Por suerte, todos señalaron la misma dirección.

—¡Gracias, chicos! —**Slime**, por ahí! —ordenó Ned, y se fueron volando—. ¡Volveré, papanatas!

¡BUAAA, BUAAA, BUAAA!

En la **ISLA DE ESTIÉRCOL** abundaban las carreteras largas y sinuosas flanqueadas por grandes árboles, así que no era fácil avistar un vehículo desde el aire.

Sin embargo, el camión de **Helados Glotón** no era un vehículo cualquiera, sino una carcacha de color rosa con un enorme helado de cartón en el techo que se veía desde el espacio exterior. Ned no tardó en avistarlo. Indicó a **Slime** por señas que bajara y lo alcanzara.

El señor y la señora Glotón no vieron al chico montado en un **extraño** artefacto volador que avanzaba al lado del camión.

Glen iba sentado al volante, devorando un **GIGANTESCO** helado del que sobresalía un bastoncito de chocolate.

Ned dio unos golpecitos en la ventanilla para llamar su atención.

De entrada, el hombre sonrió y hasta lo saludó con la cabeza, hasta que cayó en cuenta de lo que estaba pasando y pisó el freno con todas sus fuerzas.

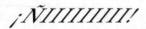

¡ÑIIIIIIIII!

El helado que se estaba comiendo salió volando en todas las direcciones.

Le ensució toda la cara.

¡PLAF!

Y todo el parabrisas.

¡ P L O F !

Mientras tanto, en la parte trasera del camión, la señora Glotón estaba contando el dinero que había robado a los niños **PAPANATAS**, pero con el frenazo dio un vuelco y acabó patas arriba en el suelo del camión.

—¡ÉCHAME UNA MANO,
ZOQUETE! —le or-
denó a su marido, in-
capaz de ponerse
en pie por sí mis-
ma.

—¡NO VEO
NADA! —ex-
clamó el señor
Glotón, saltando
por encima del
asiento de la cabina.

Como avanzaba a tientas, golpeó sin querer la llave de la manguera dispensadora de helado.

¡¡¡CHOF!!!

El helado empezó a salir a chorros e inundó todo el camión de los helados.

—¡ARGH! —gritó la mujer—. ¡Se me está congelando el trasero!

Todavía a ciegas por culpa del helado, el señor Glotón tropezó con su mujer y se desplomó sobre ella.

—¡CACHIS! —exclamó el hombre.

—¡AAAAAAY! —gritó su mujer—. ¡QUÍTATE DE ENCIMA, PEDAZO DE ELEFANTE!

—¡NO SOY UN ELEFANTE!

—ES VERDAD, PERDONA, ME EQUIVOQUÉ. ¡LO QUE ERES ES UN MASTODONTE!

Ned, que seguía al otro lado de la ventanilla, no pudo aguantarse la risa.

—¡JA, JA, JA!

—¡ALGUIEN SE RÍE DE NOSOTROS! —exclamó la señora Glotón.

Capítulo 21
UNA VACA FURIOSA

La señora Glotón apartó al mastodonte de su marido y se levantó con dificultad. Luego cerró la llave de la manguera de helado, que seguía manando a borbotones.

¡CLIC!

—¡Soy Ned! —anunció el chico, todavía flotando sobre el **slohete** al otro lado del camión—. ¿Se acuerdan de mí?

Estaba seguro de que lo recordarían, después de haberle robado el billete de una libra de un modo tan cruel.

—¡No! —respondió Glenda con malos modos—. ¿Acaso debería acordarme?

—¡Pues sí! —replicó el chico, un poco ofendido.

—¡Yo a ti te conozco! —empezó Glen.

Ned sonrió.

—¡Ajá!, ¿y de dónde me conoces?

—¿No eres el chico al que vi volando hace un momento?

—¡SÍ! —replicó Ned, exasperado—. Pero me refería a si me recuerdas de antes... ¡evidentemente!

—Tu cara no me parece nada conocida... —murmuró Glenda.

—Me llamo Ned. Te pedí un helado con mucho chocolate. Te di un billete de una libra. Lo tomaste y el camión arrancó a toda velocidad. ¡Me dejaron sin helado y sin esperanzas!

El señor y la señora Glotón se miraron el uno al otro.

—Lo siento, pero ni idea... —dijo la señora Glotón.

—La verdad —empezó el hombre— es que así nos ganamos la vida, no hacemos otra cosa en todo el día y, aunque quisiéramos, no podríamos acordarnos de todas nuestras víctimas.

—No te lo tomes a pecho, muchacho —añadió la señora Glotón en tono dicharachero, lamiéndose un poco de helado de la barbilla con su gruesa y áspera lengua.

Si lo que pretendían era apaciguar a Ned, sus palabras tuvieron justamente el efecto contrario: el chico se puso fúrico.

—¡Pues pienso vengarme! ¡Por mí y por los cientos de niños a los que les han robado!

La pareja se miró y rompió a reír a carcajadas.

—¡JA, JA, JA!

—¿Cientos, dices? —empezó el señor Glotón—. ¡Más bien miles!

—¡Millones! —añadió su mujer entre risas.

—¡Miles de millones!

—¡Trillones!

—¡Chorrocientillones!

—¡JA, JA, JA!

—¡Pues ahora yo, Ned, voy a usar mi

para vengarlos a todos! —dijo el chico.

—¿Tu qué...? —farfulló Glen.

—Al chico se le botó la canica... —murmuró Glenda.

—¡Se acabaron sus chanchullos!

—¡Primero tendrás que atraparnos! —exclamó el señor Glotón.

Dicho lo cual, se plantó de un salto al volante y pisó el acelerador a fondo.

¡PLONC!

¡BRRRUUUM!

—¡HASTA NUNCA, MUGROSO! —gritaron los Glotón al unísono.

El camión de los helados arrancó con un chirrido...

¡NIIIIIIII!

... haciendo que la señora Glotón volviera a perder el equilibrio.

—¡RECÓRCHOLIS! —gritó al aterrizar sobre sus amplias posaderas.

El problema era que el parabrisas seguía CUBIERTO de helado. El señor Glotón no veía nada delante de sus narices, así que el camión derrapó y se salió de la calzada.

¡NIIIIIIII!

Luego atravesó unos arbustos...

¡CATAPLÁN!

... y cruzó a trompicones un prado donde pastaba una manada de vacas.

¡PUMBA!
¡PUMBA!
¡PUMBA!

—¡MUUU! ¡MUUU! ¡MUUU! —mugieron las vacas, como haríamos todos si viéramos un camión de helados pasar delante de nuestras narices (y fuéramos vacas, claro está).

—¡MIRA POR DÓNDE VAS, MENTE-CATO! —gritó la señora Glotón, dando tumbos en la parte de atrás del camión.

—¡NO VEO NADA! —contestó el señor Glotón a grito pelado.

Entonces puso en marcha los limpiaparabrisas.

¡*FLIP*, **FLAP**! ¡*FLIP*, **FLAP**!

—¡EL DICHOSO HELADO NO SE VA! —protestó el hombre.

—¡PORQUE ESTÁ POR DENTRO, CABEZA DE ALCORNOQUE! —le espetó su mujer.

El señor Glotón se maldijo para sus adentros y frotó el cristal con la manga de la camisa.

¡Por fin veía por dónde iba! Pero lo que vio entonces lo hizo gritar de terror.

—¡AAARRRGGGHHH!

A sugerencia de Ned, **Slime** se había transformado en un gigantesco cono de helado. ¡Y el chico era el topping!

—¿AHORA TE ACUERDAS DE MÍ? —preguntó.

La heladería móvil iba directo hacia la gran plasta de slime.

—**¡PUES NO!** —vociferó el señor Glotón. ¡Iba demasiado deprisa!

Pisó el freno con todas sus fuerzas.

¡PLOOONC!

Como reacción al frenazo, las ruedas traseras se levantaron del suelo.

¡ZAS!

El camión dio una voltereta en el aire, saltó por encima del helado gigante y acabó patas arriba sobre la hierba.

¡CATAPUMBA!

—¡MUUU! —mugieron las vacas, huyendo despavoridas.

Slime se **translimorfó** de nuevo en un gran pegoste y dejó a Ned sobre el lomo de una vaca con cara furiosa.

—¡MUUU!

El chico acarició al animal.

—¡Buena chica!

—¡ME LAS PAGARÁS, MEQUETREFE! —gritó el señor Glotón, que seguía patas arriba.

—¡YA VERÁS CUANDO TE ATRAPEMOS! —añadió la señora Glotón, también patas arriba.

Entonces el chico dio una palmadita a la vaca, que se fue trotando hacia el camión de los helados.

—Bueno, teniendo en cuenta lo mucho que les gusta el helado, pensé que se les antojaría probar uno especial con sabor a **slime**.

—¿¿¿SABOR A **SLIME**??? —bramó Glen.

—¡SUENA ASQUEROSO! —protestó Glenda.

—¡Lo es! —replicó el chico—. **¡Slime**, ha llegado el momento de darles a probar nuestra especialidad al señor y la señora Glotón!

—**Una idea magnífica, Ned** —aplaudió **Slime**, y un chorro de masa gelatinosa empezó a manar por el hueco de la ventanilla.

—¡¡¡Noooooo!!! —gritó la pareja cuando aquel menjurje empezó a desparramarse por el camión puesto al revés.

El **slime manaba** en un **chorro** constante, llenando el camión patas arriba. La presión era tal que el parabrisas, las ventanillas y las puertas explotaron.

¡CATAPLÁN!   ¡CRAC!

¡BUUUM!

El camión quedó destrozado.

¡CHAS!

¡CHAS!

La pareja de **maleantes ambulantes** salió arrastrada por la avalancha de **slime** y aterrizó sobre la hierba salpicada de excremento de vaca, convertido de pronto en un gran charco de **slime** fangoso (o **slangoso**).*

—¡PUAAAJ! —gruñó la señora Glotón—. ¡Estoy hecha un asco!

—¡¿Qué le hizo ese niño a nuestro camión?! —bramó el señor Glotón.

---

* «Slangoso» también podría referirse a una persona que habla en tono gangoso por haber ingerido slime, así que tengan cuidado a la hora de usar esta palabra. En caso de duda, consultar el **Walliamsionario**.

—**¡Slime**, confisca todo el helado! —ordenó Ned.

—**¡Por supuesto!** —contestó la criatura, recuperando su forma pegostosa.

—¡NOOO! —gritaron los Glotón.

—¡Apenas hemos comido en todo el día! —se lamentó Glen.

—¡Nos morimos de hambre! —añadió Glenda.

Pero **Slime** no vaciló, y en un abrir y cerrar de ojos había sacado el enorme dispensador de helado de entre los escombros de la camioneta.

¡CLONC!

—¡Nos esperan unos niños hambrientos! —anunció Ned—. ¡Nos vamos volando!

Slime se transformó en un enorme globo dirigible o SLEPELÍN* y levantó al chico de encima de la vaca, que mugió aliviada.

—¡MUUU!

---

* Una ingeniosa fusión de las palabras «slime» y «zepelín», el famoso dirigible alemán bautizado en honor a su inventor, lo que demuestra que el Walliamsionario es una excelente herramienta didáctica.

Y allá se fueron los dos, con el dispensador de helado a cuestas.

—¡NOS LAS PAGARÁS...! —empezó el señor Glotón—. ¿CÓMO DICES QUE TE LLAMAS?

—¡HASTA NUNCA, MUGROSOS! —contestó Ned.

Capítulo 22
FIESTA DE ESPUMA HELADA

Los alumnos del **INTERNADO PAPANATAS PARA NIÑOS DE BUENA FAMILIA** seguían llorando a moco tendido junto a las ruinas de la fortaleza cuando Ned volvió a bordo del dirigible de **slime**.

¡BUAAA, BUAAA, BUAAA!

—¡CHICOS! —anunció Ned—. ¡Les dije que volvería! ¡Y traigo helado!

—¡YUPIII! —exclamaron los niños al unísono mientras **Slime** y Ned aterrizaban. **Slime** dejó el dispensador de helado sobre un aburrido bloque de piedra que, según los adultos, había formado parte de la **FORTALEZA MEDIEVAL DE ESTIÉRCOL**.

Los niños corrieron a amontonarse en torno a la gran caja metálica.

—¡HELADO! —coreaban—. ¡HURRA!

Slime recuperó su forma **pegosto-**
sa y se sentó junto a Ned en una pie-
dra recubierta de musgo. Los dos
amigos intercambiaron una sonrisa,
felicitándose por otra misión cumplida.

Instantes después, sin embargo, los vivas de
los niños dieron paso al silencio.

—Disculpa, pero ¿dónde están los conos?
—preguntó uno de ellos.

—Ah, lo siento, no se nos ocurrió agarrarlos
—contestó Ned, un poco sorprendido.

—Y yo no puedo comer un helado sin baston-
citos de chocolate —señaló otro.

—Bueno, tampoco tuvimos mucho tiempo
para...

—¿Y qué pasa con nuestro dinero? —preguntó
otro alumno.

—**Qué malagradecido, el muy...** —empezó **Slime**.

—¡Shhh! —ordenó Ned.

—¡BUAAA, BUAAA, BUAAA! —berrea-
ron a la vez.

233

—¡NO PODEMOS COMERNOS EL HELADO! —gimoteó uno de ellos.

—¡VAMOS DE MAL EN PEOR! —lloriqueó otro.

Slime estaba a punto de perder los estribos.

—**Me están dando ganas de agarrar ese dispensador de helado y metérselo por...**

—¡SHHHH! —lo cortó Ned—. Escuchen, chicos, lo único que tienen que hacer es abrir la manguera de la caja metálica y... armar una ¡FIESTA DE ESPUMA HELADA!

Dicho y hecho.

¡CLIC!

Ned abrió la llave y un potente chorro de helado de nata brotó de la caja refrigeradora.

¡CHOF!

Cubriendo a Ned de helado.

¡CHOF!

Cubriendo a **Slime** de helado.

¡CHOF!

Cubriendo a todos los niños de helado.

¡CHOF!

Pronto, toda la **FORTALEZA MEDIEVAL DE ESTIÉRCOL** estaba sepultada bajo un manto blanco.

¡Todos los niños quedaron rebozados en helado! ¡Parecían muñecos de nieve!

—¡FIESTA DE ESPUMA HELADA! —exclamó una niña, lamiéndose el helado de su propia nariz.

—¡ES EL MEJOR DÍA DE TODA MI VIDA! —anunció otra, agarrando a manos llenas el helado que tenía sobre la cabeza y metiéndoselo en la boca.

—Pues yo sigo extrañando el bastoncito de chocolate... —refunfuñó un tercer niño entre lágrimas.

—Y yo tengo intolerancia a la lactosa —protestó otro.

—¿No hay helado vegano?

—Nunca llueve a gusto de todos —murmuró Ned dirigiéndose a **Slime**.

—**Lo mismo digo** —replicó la criatura—. **¿Y ahora qué, amigo mío? El día se acerca a su fin.**

Ned supo al instante cuál sería su próximo destino.

—Todo lo que hemos hecho hasta ahora ha sido como una preparación para lo que vendrá ahora. Esta es nuestra última misión, ¡y te advierto que será peligrosa!

—**¡Por supuesto! ¡Me encanta el peligro!** —exclamó **Slime**.

Capítulo 23
EL PLATILLO VOLADOR

—No eres alérgico a los gatos, ¿verdad? —preguntó Ned a **Slime**.

Era una pregunta importante, porque la tía Ava tenía nada menos que 101 felinos.

—**Que yo sepa, no** —contestó **Slime**.

—¡Pues en marcha! —exclamó el chico.

—**¿Tienes alguna preferencia en cuanto al medio de transporte?**

—¡Sorpréndeme!

Slime sonrió y se **translimorfó** en un ovni redondo.

—¡Un platillo volador! —se sorprendió Ned al ver cómo la nave giraba sobre sí misma.

—**¡Me diste la idea al hablar de gatos, porque suelen beber de un platillo!**

—¡Qué listo eres!

—¿**Verdad que sí?** —contestó **Slime**, todo ufano.

—¡En marcha!

Slime agarró al chico en el aire, lo colocó en lo alto del platillo volador y despegaron rumbo al cielo.

—¿**Por dónde queda, Ned?** —preguntó.

El chico giraba como un trompo sobre el platillo y empezaba a sentirse mareado, pero entonces avistó el colosal castillo de su tía, que se erguía orgullosamente sobre la colina más alta de la isla.

—¡POR AHÍ! —indicó, señalando en todas las direcciones.

—¿**Te refieres al castillo?** —preguntó **Slime**.

—¡ESO ES!

—¿Y quién vive allí?

—La dueña de esta desdichada isla. La persona que más odia a los niños en todo el mundo, mi tía Ava.

—¡Parece encantadora! —bromeó **Slime**.

—«Encantadora» no es la primera palabra que me viene a la mente.

—Deduzco que no son íntimos...

—¿Íntimos? ¡Ja, ja, ja! ¡¡¡Hace mucho, mucho tiempo que no veo a la tía Ava!!!

—¡En ese caso, ya va siendo hora de hacerle una visita!

El platillo volador de **slime** surcó el cielo como un torbellino, girando rápidamente, cada vez más rápido, mientras el pobre Ned se agarraba con uñas y dientes.

¡FIUUU!

Capítulo 24
CASTILLO CLAN DEL COLMILLO

Hay ancianas que adoran a los gatos, y luego hay ANCIANAS QUE SE FASCINAN, SE DESVIVEN Y SE VUELVEN LOCAS POR LOS GATOS. Ava Avaricia, la tía de Ned, era de estas últimas, y tenía una colonia de más de cien felinos. La mujer vivía con sus 101 gatos (les dije que eran más de cien) en un solitario castillo, levantado en lo alto de una colina desde la que se dominaba toda la ISLA DE ESTIÉRCOL, que le pertenecía. Debido a esta obsesión por los gatos, la tía Ava había bautizado su residencia como CASTILLO CLAN DEL COLMILLO.

La gran dama lucía largos vestidos vaporosos con estampados gatunos y allá donde iba se oía el tintineo de los kilos de joyas que llevaba encima.

Por supuesto, todas las joyas de la tía Ava tenían algo que ver con sus adorados mininos.

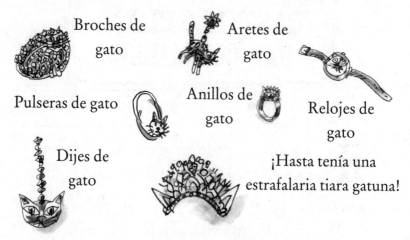

Broches de gato

Aretes de gato

Pulseras de gato

Anillos de gato

Relojes de gato

Dijes de gato

¡Hasta tenía una estrafalaria tiara gatuna!

En las paredes del castillo había una colección de arte extraordinaria, sobre todo para los amantes de los gatos, animales que a menudo aparecían representados como recreaciones de cuadros famosos.

La Maullona Lisa

El bufido de Micifunch

La gatita de la perla

El hijo del gato

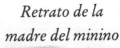

Retrato de la madre del minino

Caballero ronroneante

El beso de Klimiau

Autogaragato con la oreja cortada

La Gatunidad guiando al pueblo

Almuerzo sobre la hierba gatera

Pero no sólo había cuadros de gatos, ni mucho menos. También había esculturas de felinos por todas partes, hechas de bronce, plata y oro macizos.

Por aquí, la escultura de un gato jugando con un ovillo de lana.

Por allá, la representación de un gatito durmiendo acurrucado.

¡Hasta había una estatua de un gato lamiéndose el trasero!

Al tener 101 gatos, la tía Ava no podía recordar los nombres de todos y cada uno de ellos, así que decidió ponerles el mismo nombre: **Chiquitín**.

—¡**Chiquitines**, a cenar! —decía, y los 101 gatos se abalanzaban sobre ella al instante.

Los gatos eran los únicos amigos de la tía Ava.

No le gustaban las personas. No confiaba en nadie. Aunque Ned era su sobrino, nunca iba a verlo, ni a su sobrina Jemima, ni siquiera a su hermana pequeña, que era la madre de ambos niños. La anciana no quería relacionarse con ellos porque había recibido una gran herencia de un pariente lejano, una auténtica lluvia de millones...

¡Y no tenía intención de compartir ni un penique de esa fortuna con nadie!

A las puertas del castillo había un letrero enorme que decía:

LOS INTRUSOS SERÁN DEVORADOS
POR LOS GATOS.

Por si esto no fuera suficiente para disuadir a cualquiera, el castillo estaba cercado por una fosa llena de agua y no había ningún puente levadizo que permitiera cruzarlo, pues Ava Avaricia había ordenado quemarlo años atrás. Una vez destruido el puente, nadie podía acercarse a ella. Avaricia se quedó sola con su fortuna y, por supuesto, con sus mascotas.

Los gatos vivían como reyes: lucían collares con diamantes incrustados, devoraban caviar (que, por si no lo saben, está hecho de hueva de pescado y es carísimo, por increíble que parezca) y dormían en camas con dosel, entre sábanas de seda.

El día que muriera, la tía Ava tenía pensado dejar el CASTILLO CLAN DEL COLMILLO y cuanto había entre sus muros a... —seguro que ya lo adivinaron— sus gatos.

A lo largo de los años, los allegados de la tía Ava habían acudido a ella en busca de ayuda, siempre en vano.

Para pedirle algo que llevarse a la boca.

Para suplicar cobijo por una noche.

Para socorrer a alguien que no tenía un solo penique.

Ned también sufrió el desdén de su malvada tía cuando necesitó remplazar las ruedas de su silla. Y lo mismo podrían decir todos los niños de la isla. Un día, unos cuantos reunieron valor para preguntarle:

—¿Podemos jugar a la pelota en uno de sus campos, por favor?

Sin molestarse en contestar, la tía Ava ordenó a sus 101 gatos que atacaran a los niños.

—¡CHIQUITINES! ¡VAYAN POR ELLOS!

— ¡MIAU!
— ¡FUUU!
— ¡ZAS!

Sobra decir que nunca volvieron a pedirle nada.

Pero jamás olvidarían su crueldad.

Y lo mismo le pasaba a Ned.

Capítulo 25

GATOS, GATOS Y MÁS GATOS

El platillo volador de **slime**, también llamado **OSNI** (objeto slimeador no identificado), surcó el cielo girando sobre sí mismo a tal velocidad que el pobre Ned ya no podía seguir sujetándose. Se le fueron desprendiendo los dedos uno tras otro. Mientras el **OSNI** sobrevolaba el CASTILLO CLAN DEL COLMILLO, el chico salió despedido y siguió girando como un trompo volador.

—¡ARGH! —gritó.

Slime fue tras él, pero Ned llevaba tanto impulso que no pudo alcanzarlo a tiempo y el chico se precipitó a la fosa del castillo.

¡CATAPLOF!

Ned se hundió en las profundas aguas de la fosa. No sabía nadar. A menos que **Slime** lo impidiera, moriría ahogado.

Slime bajó en picada, se zambulló en el agua y volvió a la superficie convertido en una especie de monstruo marino con Ned encima.

Ni que decir tiene que, estando empapado, ¡el monstruo era de lo más rrresbaladizo! El chico no tenía dónde agarrarse.

—¡CACHIS! —gritó mientras se deslizaba sin remedio por la espalda del monstruo.

Justo cuando estaba a punto de caer al vacío, la criatura meneó la cola y el chico salió catapultado.

¡ZAAAAAS!

—¡AHHH!

Ned pasó volando por encima del muro del castillo.

—¡AHÍ VOOOY!

Desde las alturas, vio cómo el patio del castillo se hacía cada vez más grande.

¡Y estaba abarrotado de gatos!

¡Gatos, gatos y más gatos!

Gatos negros, gatos blancos, gatos atigrados, gatos grises, gatos pardos, gatos anaranjados y hasta uno de esos gatos pelones tan raros.

—¡MIAU! —¡MIAU! —¡MIAU!

El chico iba a aterrizar justo encima de ellos de un momento a otro.

—¡SOCORROOO! —gritó.

—¡GATOS!

—¡FUUU! —¡FUUU! —¡FUUU!

Capítulo 26
COMIDA DE GATO

Ned cerró los ojos con fuerza. Estaba a punto de convertirse en comida de gato, más concretamente de 101 gatos. Pero lo que el chico no alcanzaba a ver era que **Slime** se había elevado desde la fosa, convertido en un enorme castillo inflable.

Un castillo inflable hecho de **slime**.

Un castillo **slinflable**.*

El castillo **slinflable** se plantó en medio del patio, justo encima de los gatos.

– ¡MIAU!   – ¡FUUU!   ¡FUUU!

– ¡MIAU!   – ¡FUUU!

– ¡MIAU!   – ¡FUUU!

---

* Sale en el *Walliamsionario*, así que no me vengan con tonterías.

Ned aterrizó en el centro del castillo **slinflable**.

¡BOING!

Pero con el mismo impulso rebotó y salió disparado otra vez...

¡ZAS!

... pasó volando por encima del muro de piedra...

¡ZAS!

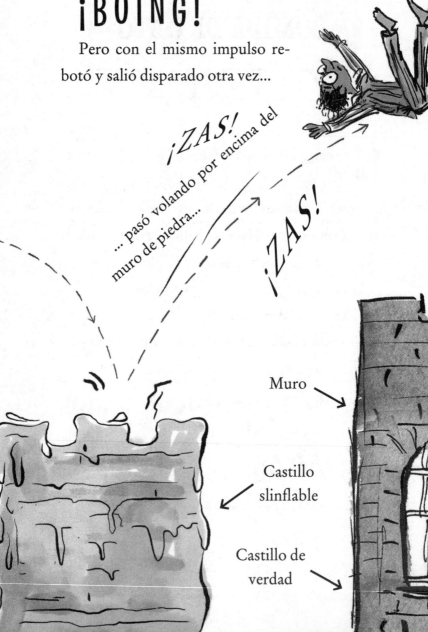

Muro

Castillo slinflable

Castillo de verdad

... ¡y cayó de nuevo a la fosa!

¡ZAS!

Ned

¡RECÓRCHOLIS!!

¡CHOF!

Fosa

Tras sacar al chico una vez más de las turbias aguas de la fosa, **Slime** se convirtió en una escalera de mano (o sliscalera).*

La sliscalera parecía la manera perfecta de escalar el muro del castillo, pero sólo hasta que el chico intentó subir aga-rrándose a los peldaños. Estaban tan mojados y **rrresbaladizos** que no tardó en **deslizzzar** hacia abajo y **zzzambullirse** otra vez en la fosa.

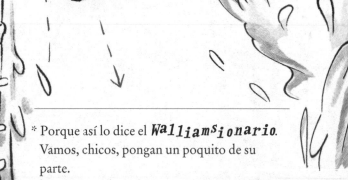

¡CHOF!

---

* Porque así lo dice el **Walliamsionario**. Vamos, chicos, pongan un poquito de su parte.

Finalmente, después de mucho pensarlo, Ned y su **resbaladizo** amigo dieron con una solución.

Era tan sencilla como genial.

El chico saldría disparado de un cañón de **slime** (o `slañón`)* y aterrizaría en lo alto del CASTILLO CLAN DEL COLMILLO.

Así que a la de tres...

—¡Un, dos, tres!

Ned salió literalmente disparado hacia las alturas.

¡BUM!

¡ZAS!

Pasó volando por encima del muro del castillo.

¡ZAS!

Por encima del patio de los gatos.

¡ZAS!

Por encima del otro muro del castillo.

¡ZAS!

Y fue a caer a la fosa del lado opuesto.

¡CHOF!

---

* No pienso volver a decirlo.

—¡ N O O O O O O !

Slime se **translimorfó** de nuevo en monstruo marino y bajó a las profundidades de la fosa para rescatar a su amigo.

—¡ESTO ES IMPOSIBLE! —bramó el chico al volver a tierra firme.

—Nada es imposible —replicó **Slime**.

—¡Excepto entrar en el castillo de la tía Ava!

—Sí, bueno, excepto eso. Obviamente.

—Obviamente.

Se quedaron los dos pensativos.

—Debe de haber alguna manera de pasar por encima del muro y esquivar a los gatos —dijo Ned.

—¿Qué detestan los gatos? —preguntó **Slime**.

—¡A los perros!

—¡Entonces seré un perro!

Dicho y hecho: **Slime** se **translimorfó** en un perro, o mejor dicho, un **slerro**.*

---

* Ajá. Tal cual. ¡Si dudan una vez más de mi palabra, este libro se transformará en **slime** en sus manos!

El **slerro**, que era cien veces más grande que un perro normal, se sacudió el agua con ese meneo tan raro que suelen hacer los perros.

¡CHAS, CHAS, CHAS!

Después, el **slerro** tomó a Ned y se lo puso a la espalda. Milagrosamente, el chico no **rrresbaló** a las primeras de cambio. Entonces el animal se alejó un poco del castillo, agarró vuelo y dio un salto espectacular.

¡ALEHOP!

Saltaron por encima del muro.

¡ZAS!

Y... ¡VICTORIA!

Aterrizaron en el patio del castillo, justo en medio del enjambre de gatos.

Los felinos los rodearon con aire amenazador.

—¿Y-y-y a-a-ahora q-q-qué ha-ha-hacemos? —preguntó **Slime**.

—¡ERES UN PERRO! —le recordó Ned—. ¡GRÚÑELES!

—**Lo intentaré** —dijo **Slime**—. ¡GRRR!

Pero los gatos de la tía Ava no se asustaban fácilmente. De hecho, rompieron a reír ante tan lamentable exhibición perruna.

— ¡MIAUJAJA, MIAUJAJA!*

—Ay, no —dijo Ned.

—**Ay, sí** —replicó **Slime**.

Los gatos formaron un círculo en torno a los intrusos, enseñando los colmillos, listos para el ataque.

— ¡FUUU!

Los más atrevidos hasta atacaron con sus zarpas al extraño «perro» que se había colado en su castillo.

— ¡MIAU!

---

* Sí, así es como se ríen los gatos. Los he oído desternillarse de risa mientras leen mis libros.

— ¡Fuuu!

¡ÑACA!

¡RIS, RAS!

Ned y **Slime** estaban acorralados. Fueron retrocediendo hasta acabar abrazados en un rincón.

—¡Ay, no! —exclamó **Slime**.

—¡Ay, sí! —exclamó Ned.

—**Hasta aquí llegamos.**

—Tal parece. ¡Están por todas partes!

—**¿Cuántos hay?** —preguntó **Slime**.

—¡No puedo contarlos todos! ¡No paran de moverse!

El ejército felino de la tía Ava seguía bufando y lanzando zarpazos a diestra y siniestra.

— ¡Miau!

— ¡Fuuu!

¡ÑACA!

¡RIS, RAS!

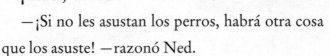

—¡Si no les asustan los perros, habrá otra cosa que los asuste! —razonó Ned.

—**Ya, pero ¿qué?**

Los gatos estrechaban cada vez más el cerco.

¡FUUU, FUUU, FUUU!

—¡EL AGUA! —recordó el chico.

—¡**Por supuesto!** —exclamó **Slime**.

—¡**Slime**, conviértete en un mar embravecido! ¡AHORA!

Ni tardo ni perezoso, **Slime** hizo lo que le pedía su amigo. En un santiamén, el patio del castillo se inundó y cuanto había en él se vio arrastrado por un violento mar de **slime** (o slar).*

—¡¡¡MMMɪɪɪAAAAAuuuuuu!!! —maullaron los gatos.

---

* Esta es la peor de todas, lo prometo.

Ned estaba en lo cierto. Los gatos tenían miedo del agua. De hecho, ¡estaban ATERRADOS!

Los malvados mininos se aferraban con uñas y dientes a cualquier cosa que flotara en el oleaje gelatinoso. Sillas. Mesas. Otros gatos.

–¡MMMɪɪɪAAAuuuuuu!

Ned, que surcaba las olas sobre una bandeja de madera, vio que una de las ventanas que daba al patio estaba abierta.

—¡Ven, **Slime**! —gritó.

El chico se deslizó por la ventana y el mar de **slime** lo siguió, derramándose por el estrecho marco.

Una vez dentro del castillo, Ned se desplomó en el suelo.

¡PUMBA!

—*¡CACHIS!*

Instantes después, le llovieron encima litros de **slime**.

¡CHOF!

—¡PUAJ! —exclamó.

Ned miró a su alrededor. Estaba en la habitación más grande que había visto en su vida, un derroche de lujo y riqueza. Había pinturas al óleo, antigüedades de valor incalculable, candelabros de cristal colgados del techo. Era un mundo que nada tenía que ver con la humilde casucha en la que él vivía.

—¿QUIÉN ANDA AHÍ? —preguntó alguien.

Era la tía de Ned, Ava Avaricia. La tenían justo delante, cargada de joyas y sosteniendo entre los brazos un gato de aspecto **especialmente** feroz.

—¡FUUU!*

---

* Esto lo dijo el gato, no la tía Ava.

Capítulo 27

UN GATO GRANDE COMO UN OSO

A primera vista, no estaba muy claro quién sostenía a quién. Podía ser que el gato llevara a la tía Ava en brazos, pues eran igual de grandes. Como todos los demás, este gato se llamaba **Chiquitín**, pero a diferencia de todos los demás era grande como un oso. En realidad, era un **Chiquitín Grandulón**.

—¡DIJE QUE QUIÉN ANDA AHÍ! —insistió la tía Ava.

El chico se encaramó con esfuerzo a una silla mientras **Slime**, que se había desparramado por la alfombra de seda, recuperaba su forma **pegostosa**** y se colocaba a espaldas del chico.

---

* Dícese de algo pegotífero.**
** Dícese de algo pegostudo.

—¡Soy yo, tía Ava! Tu sobrino preferido... ¡Ned! —farfulló el chico—. Bueno, lo de preferido lo digo yo... ¡Pero soy el único, así que debo de ser tu preferido!

La tía Ava no le veía la gracia.

—¡Una sanguijuela, eso es lo que eres, mequetrefe! ¡Como toda tu familia! ¡Si los dejara, me chuparían hasta la última gota de sangre!

El malvado gatote parecía querer devorarlo con los ojos, que relucían como los diamantes que adornaban su collar.

—¡FUUU! —bufó.

—¿No viste el letrero? ¡Los intrusos serán devorados! ¡Quiero que te vayas de mi castillo ahora mismo o te las verás con **Chiquitín**!

Dicho esto, la mujer arrojó a **Chiquitín Grandulón** en su dirección. La gran bola peluda aterrizó en el suelo con un golpe seco.

¡PUMBA!

—¡FUUU!

—¿Y quién es ese moco gigante que viene contigo? —preguntó la tía Ava.

—¡QUÉ ENCANTO DE MUJER! —exclamó **Slime**. Entonces se percató de que **Chiquitín Grandulón** le estaba lamiendo uno de los pies con su inmensa y áspera lengua. Al parecer, ni la textura ni el sabor de la criatura le gustaron ni un poquito, porque empezó a carraspear y a **escupir bolas**, pero no de pelo, sino de **slime**.

—¡COF, COF!

—**Slime** es amigo mío —contestó el chico.

—Pero qué **asquerosidad**, hacerte amigo de un pegoste de mocos —opinó la tía Ava.

—Algún día deberías probar a tener un amigo, tía Ava. Nos preocupa que vivas sola en este castillo.

La anciana soltó una carcajada.

—¡Je, je, je! ¿Amigos? No necesito amigos. Ni familia. Ni a nadie. ¡Estas de aquí son mi mejor compañía!

La mujer presumía de sus joyas delante del chico. La tía Ava parecía un árbol de Navidad, cubierta de adornos brillantes que le colgaban por doquier.

Unos aretes de perlas con forma de gatitos

Un broche de rubíes con la cara de un gato

Una pulsera de plata con dijes de gatos

Un gato-reloj de oro macizo

Un dije de zafiros con un gato

¡Y, por supuesto, su estrafalaria tiara gatuna!

Si no fuera por la peste a pipí de gato, la tía Ava habría pasado por alguien de la realeza.

—¿A qué viniste, muchacho? —preguntó con desdén—. No te invité a mi castillo. Nunca invito a nadie a mi castillo porque todo el mundo quiere algo de mí.

—Bueno, en realidad... —empezó Ned, pero la mujer lo interrumpió.

—Viniste a pedirme dinero, ¿verdad? ¡Pues te advierto desde ya que no te saldrás con la tuya! ¿Me escuchaste, niño? ¡¡¡NI UN PENIQUE TE DARÉ!!!

—**¿Siempre es así?** —susurró **Slime**.

—No, diría que hoy se despertó de buen humor —contestó Ned.

—¿Qué quieres de mí, muchacho? ¡Desembucha! —bramó la mujer—. ¡Si no lo haces, te las verás con mis ciento un gatos!

Ned miró hacia la ventana. Los cien gatos restantes habían trepado por el muro del patio y se estaban colando uno tras otro en el salón. ¡Aquello era un auténtico torrente gatuno!

—¡FUUU!

Liderados por **Chiquitín Grandulón**, todos los demás Chiquitines empezaron a dar vueltas en torno a los intrusos, preparándose para el ataque.

—¡CONTESTA, MUCHACHO! —gritó la tía Ava, haciendo tintinear todas sus joyas—. ¡O ACABARÁS CONVERTIDO EN PATÉ PARA GATOS!

—¡MIAU!

—¡FUUU!

En ese instante, Ned tuvo una idea. Algo que serviría para darle una buena lección a su tía y, con un poco de suerte, cambiar el destino de todos los niños de **ESTIÉRCOL** para siempre.

—Vine a verte, mi queridísima tía, porque quería regalarte algo.

—¿¿¿A MÍ??? —preguntó la mujer, intrigada.

—Sí, a ti. Me preocupa que no tengas suficientes joyas.

Ava Avaricia contempló las infinitas piezas de joyería que llevaba encima.

—¡Ahí te doy la razón, muchacho! —exclamó—. No tengo bastantes cosas relucientes, ni mucho menos. ¡Siempre necesito más, más, más!

—¿Te gustaría tener unas cuantas joyas más? —preguntó Ned.

—¡PUES CLARO! —exclamó Ava Avaricia—. ¡DAME MÁS, MÁS, MÁS!

Ned miró a **Slime**.

—Ya sabía que te gustaría la idea. ¡Aquí mi amigo **Slime** se encargará de que tu deseo se haga realidad!

Ambos intercambiaron una mirada. **Slime** sabía exactamente lo que debía hacer.

—¡Empecemos por otro collar! —sugirió el chico.

Entonces el pecho de **Slime** se abrió como por arte de magia y de su interior salió un potente chorro de masa viscosa.

¡FLUSH!

El misil alcanzó a la mujer en el escote, cubriéndola de **slime**.

¡CHOF!

273

—¡MALDICIÓN!

—¡Y, por supuesto, un par de aretes nuevos!

Dos bombas de **slime** más pequeñas le explotaron en las orejas.

¡PLAF, PLAF!

—¡POR DIOS!

—¿Y por qué usar una simple tiara cuando puedes lucir una corona digna de una reina?

Entonces lo que quedaba de **Slime** se elevó en el aire y se desplomó sobre la cabeza de Ava Avaricia, ¡bañándola de arriba abajo en aquel menjurje pegajoso!

¡CHOOOF!

—¡PUAJ, REPUAJ Y RECONTRAPUAJ! —gritó la mujer.

Y mientras Ned se permitía reír...

—¡JA, JA, JA!

... **Slime** recuperó su forma normal y se reunió con el chico a toda prisa.

—**¡Tenemos que largarnos!** —exclamó.

—¿Por qué?

—¡Los Chiquitines están en pie de guerra!

Ned miró hacia abajo. Los gatos los tenían completamente rodeados.

Al frente de la manada iba, cómo no, **Chiquitín Grandulón**. La enorme bestia se abalanzó sobre el chico enseñando los colmillos.

— ¡FFFUuuuuuuuu!

Slime improvisó sobre la marcha. Sin decir palabra, salió disparado hacia el techo.

¡PLAF!

Y allí se quedó incrustado.

Ahora era como una medusa gigante, con largos tentáculos viscosos que colgaban desde arriba.

—¿Y yo qué? —preguntó Ned a gritos.

—¡Estoy en eso! —contestó **Slime**.

Justo a tiempo, los tentáculos rodearon al chico por los talones y lo subieron hasta el techo.

¡ZAS!

Los pies desnudos de Ned se hundieron en el **slime**.

¡CHOF!

Allí se quedó, colgado boca abajo, fuera del alcance de las zarpas de los gatos y bastante orgulloso de su astucia.

Sin embargo, la sonrisa se le borró del rostro en el instante en que su tía, todavía **embadurnada en slime**, ordenó:

—¡¡¡**Chiquitines míos**,
DEVOREN AL CHICO!!!

Capítulo 28

UNA MONTAÑA DE MININOS

La tía Ava Avaricia debió de adiestrar a sus 101 gatos para que actuaran en el circo —es poco probable, ya lo sé, pero cosas más raras se han visto— porque al instante los animales empezaron a trepar sobre los hombros unos de otros, formando una especie de torre gatuna, o *gatorre*,* por emplear un término más preciso.

* ¡No me digan que no les suena esta palabra! ¡Si la conoce todo el mundo!

Los gatos empezaron a ascender deprisa. En un abrir y cerrar de ojos, estaban peligrosamente cerca del chico, al que intentaban alcanzar lanzando zarpazos al aire.

¡Z A S !

¡Z A S !

¡Z A S !

—¡FUUU!

—**¡SLIME!** ¡POR LO QUE MÁS QUIERAS, HAZ ALGO! —gritó Ned.

La criatura empezó a **slimeslizarse** por el tejado.

¡CHUAC, CHUAC, CHUAC!

Sin embargo, no tardó en enredarse con el candelabro.

¡CLINC! ¡CLANC!

¡CLONC!

—¡**Chiquitines**, YA SON NUESTROS! —exclamó la tía Ava desde abajo, limpiándose la suciedad de la cara—. ¡QUE DISFRUTEN LA CENA, TESOROS MÍOS!

La verdad es que los gatos no son criaturas muy listas. Basándome en mi conocimiento del mundo animal, calificaría su inteligencia como se muestra a continuación:

CHIMPANCÉS

DELFINES

ELEFANTES

LOROS

RATAS

CUERVOS

PERROS

PALOMAS

CERDOS

PULPOS

GATOS

Por eso no me extraña demasiado que pusieran a los **Chiquitines** más jóvenes en la base de la ga-torre, a los **Chiquitines** adultos en medio y al **Chiquitín Grandulón** arriba del todo. Aho-ra **Chiquitín Grandulón** estaba a la misma altura que el chico, que seguía enredado con **Slime** en el candelabro. El gatote blandía su gran zarpa en el aire, casi rozando la cara de Ned.

Al intentar liberarse del candelabro...

¡CLINC, CLANC, CLONC!

... **Slime** zarandeó al chico sin querer, acercándolo a la bestia.

¡ZIS, ZAS!

—¡ARGH! —gritó Ned.

—¡ÑACA!

Chiquitín Grandulón clavó los colmillos en la oreja del chico.

¡El dolor era insoportable!

—¡AAAY!

¡Y lo peor de todo era que el animal no lo soltaba ni a tiros!

—¡SOCOOORROOO!

Hay aretes que lastiman, pero nada comparado con llevar un gato gigante colgado de la oreja.

El chico seguía meciéndose en el aire, colgado boca abajo, y **Chiquitín Grandulón** se mecía junto con él.

¡ZIS, ZAS!

Con el vaivén, la gatorre empezó a desmoronarse.

—¡MIAU!

—¡MIAU!

—¡MIAU!

Chiquitín Grandulón se agarró con uñas y dientes a la oreja de Ned, pero los otros cien gatos que tenía debajo cayeron en cascada o, mejor dicho, en **gascada.***

---

* Una cascada de gatos. En serio, compren el **Walliam-sionario** de una vez por todas.

Los cien gatos se desplomaron encima de la tía Ava.

¡PUMBA!

¡PUMBA!

¡PUMBA!

–¡MIAU!

–¡MIAU!

–¡MIAU!

La anciana quedó sepultada bajo una montaña de mininos.

—¡BRMFFF!
—exclamó con voz ahogada.

Seguramente uno de los gatos tenía el trasero (o **grasero**)* pegado a su cara.

Todos los demás gatos habían caído

---

* «Grasero» es una palabra normal y corriente que no requiere explicación alguna.

(o gaído)* al suelo, pero por increíble que parezca **Chiquitín Grandulón** seguía colgado (o **colgato**)* de la oreja de Ned.

Por más que intentara desembarazarse del animal, no había manera de que lo soltara. De hecho, hundía los colmillos cada vez más en su lóbulo.

—**¡ÑACA!**

—¡AAAY! —gritó Ned. Como seguramente haría cualquiera que tuviera un gato gigante, grande y pesado como un coche pequeño, colgado de la oreja.

Mientras tanto, la tía Ava había conseguido apartar la montaña de gatos y ponerse en pie. Muchos de los felinos seguían pegados a su cuerpo bañado de **slime**, así que la malvada anciana parecía un gran monstruo peludo.

---

* ¡Si se acerca tu cumpleaños, pide ya el **Walliamsionario**!

—¡No consigo quitarme a este bichejo de encima! —gritó Ned.*

—**¡Prueba a hacerle cosquillas!** —sugirió **Slime**.

—¡¿QUE LE HAGA COSQUILLAS?!

—**¡Tú prueba!**

Al instante, los dos amigos, que seguían colgados boca abajo, empezaron a hacerle cosquillas a **Chiquitín Grandulón** por todo el cuerpo.

En las orejas, la barbilla, las patas, la panza, la cola.

---

* He aquí una frase que, pese a toda su fama y prestigio, nunca encontrarán en un libro de Charles Dickens.

¡TIQUI, TIQUI, TIQUI! ¡TIQUI, TIQUI, TIQUI!

¡Todo era en vano! El gatote seguía sin moverse.

—¡HAZLE COSQUILLAS EN LA PUNTA DE LA COLA! —ordenó Ned.

—¡No pienso hacerle cosquillas a un gato en la punta de la cola! —protestó **Slime**.

—¿Por qué no? —preguntó el chico.

—¡Quién sabe qué dirá la gente!

—¡Tonterías! ¡Hagámoslo juntos!

Y eso fue justo lo que hicieron, cosquillear a cuatro manos la punta de la cola de **Chiquitín Grandulón**.

—**¡MIAUJAJA MIAUJAJA!** —rompió a reír el gato. Al hacerlo, abrió la boca sin querer y soltó la oreja de Ned.

¡ Z A S !

Chiquitín Grandulón cayó al vacío.

—¡¡¡NOOOOOOOOO!!! —gritó la tía Ava desde abajo al ver cómo un gato del tamaño de un elefante bebé se desplomaba sobre su cabeza.

¡C A T A P U M B A!

—¡AAAY! —gritó la mujer.

—¿Fue suficiente? —preguntó Ned—. ¿O quieres más, más, más?

—¡No, te lo ruego! —le suplicó la tía Ava Avaricia—. ¡Nunca más, más, más!

—¡A cambio, las cosas tendrán que cambiar en **ESTIÉRCOL**!

—¡Haré lo que digas! ¡Lo que quieras!

—Quiero que eches de la isla a los canallas que disfrutan aterrando a los niños.

—¡No sé de qué me hablas! —protestó la mujer.

—¡Claro que lo sabes! ¡Iracundo, los hermanos Envidia, Fanfarrón, Holgazana, los Glotón. ¡Los niños de esta isla queremos que se vayan para siempre!

—¿Y si no quiero? —preguntó Ava Avaricia.

—¡Te las tendrás que ver con **Slime**!

—¡NOOOOOO! —suplicó la mujer—. ¡Los meteré en un barco hoy mismo!

—¡Así se habla! —exclamó Ned—. Y en cuanto a ti...

—Bueno, esteee... yo... prometo ser más amable con esos malditos mocosos... ¡Con los niños, quiero decir!

—Mmm... —caviló el chico—. Vas bien. Una cosa más: quiero que sepas que te recibiremos con los brazos abiertos si decides hacer las paces con la familia. Nos encantaría que vinieras a comer a casa un día de estos.

—Ah, pues, verás... —farfulló la anciana.

—¡**Slime** puede llevarte!

—**Estaría encantado de hacerlo** —dijo **Slime** con una sonrisita maliciosa—. **¡Por supuesto!**

—No hará falta que me lleves, pero acepto la invitación —contestó la mujer.

—¡Genial! —exclamó Ned—. **¡Slime**, vámonos!

La criatura se desenredó del candelabro y se convirtió en una mochila propulsora o **Slochila Slopulsora**.*

—¡Hasta la vista! —se despidió Ned.

Los dos amigos se fueron volando, y Ava Avaricia se quedó viendo cómo se alejaban, sumida en la estupefacción.

¡FIUUU!

---

* Este término no necesita explicación. Y no la tendrá.

Capítulo 29
LA PUESTA DE SOL

Había sido un día **slimaravilloso**, pero estaba a punto de acabar.

El sol se ponía sobre la **ISLA DE ESTIÉRCOL**.

—¡Llévame a casa, por favor! —pidió el chico a la slochila slopulsora que llevaba a la espalda.

—**Con mucho gusto, Ned** —respondió **Slime**, y allá se fueron, surcando el cielo como una estrella fugaz hasta el lugar donde había empezado su aventura.

La casucha al borde del acantilado.

¡ F I U U U !

Desde arriba, la casa de Ned parecía extrañamente desierta. Era temprano, sus padres aún tardarían bastante en volver del trabajo.

Pero ¿dónde estaba su hermana Jemima?

Ned recorrió la casa de punta a punta y comprobó que no había nadie.

—¡Jemima! —la llamó—. ¡¡¡JEMIMA!!!

Pero no había ni rastro de la niña.

—¿Dónde se habrá metido? —se preguntó el chico.

—**Ni idea** —dijo **Slime**, negando con la cabeza—. **Pero no pudo haber ido muy lejos. ESTIÉRCOL es una isla pequeña.**

Ned fue a mirar en el baño y se dio cuenta de que su silla de ruedas también había desaparecido.

—¡Mi silla de ruedas! ¡Se llevó mi silla de ruedas! Mi hermana es más mala que un dolor de muelas. ¿Dónde demonios la habrá metido? —se preguntó.

—**¿Para qué iba a quererla?**

—Apuesto a que la tiró por un precipicio.

—**¡Eso no lo sabes, Ned!**

—¡Cosas peores ha hecho!

—**Jemima no puede ser tan malvada.**

—¡A mí me lo vas a decir! —replicó el chico.

—**Bueno, intentemos dar con ella. Si la encontramos, seguro que tu silla de ruedas estará cerca.**

—Supongo que tienes razón.

—**Por supuesto que la tengo. ¡Vamos!**

Dicho y hecho: **Slime** tomó al chico en el aire y emprendieron el vuelo de nuevo. Esta vez, el amigo de Ned se **translimorfó** en una cometa o slometa.*

El chico se tumbó sobre la slometa y juntos sobrevolaron la isla en busca de Jemima.

---

* Esta palabra es muy sosa, lo sé. Tanto que ni siquiera figura en el **Walliamsionario**.

—¡MIRA! —gritó Ned en un momento dado—. ¡Huellas de botas!

En efecto, había grandes huellas de botas en el camino embarrado que llevaba al bosque.

Los dos amigos planearon sobre los árboles hasta que Ned distinguió un claro. Le pareció ver un destello de colores vivos y pensó que tal vez fuera el vestido floreado de su hermana. Indicó por señas a **Slime** que descendiera y aterrizaron sin hacer ruido en el claro del bosque.

Slime recuperó su forma original, pero rodeó a Ned con su brazo gelatinoso y lo sujetó con firmeza.

El chico tenía razón. Allí estaba Jemima, junto al árbol más antiguo del bosque. Y también su silla de ruedas. La niña estaba demasiado lejos para que vieran lo que estaba tramando, pero no podía ser nada bueno.

—¡Podemos sorprenderla otra vez! —le susurró Ned a **Slime**.

—Espera un segundo —repuso **Slime**, que estaba dudoso.

—¡Ni hablar! ¡Vamos! Hay que aprovechar el factor sorpresa. Vuelve a transformarte en una bola.

—¿Una burbuja de **slime**?

—¡Eso es! Podemos ir rodando hasta ella, y luego, ¡tarán!, ¡la bañamos en **slime**!

Slime se encogió de hombros, si es que un pegoste de **slime** puede hacer tal cosa, y obedeció.

Ned se encaramó a lo alto de la **burbuja de slime** y allá fueron los dos, rueda que rueda por el bosque en dirección a Jemima.

¡TRACA, TRACA, TRACA!

Sólo cuando estaban muy cerca Ned vio que Jemima tenía la cabeza apoyada en el asiento de su silla de ruedas. Le entraron ganas de decirle que se había echado incontables pedos justo donde descansaba ahora su nariz, pero lo pensó dos veces. ¡No quería estropear la sorpresa!

Entonces se dio cuenta de que su hermana estaba haciendo algo que nunca la había visto hacer.

Sollozar.

—¿Por qué llora? —se preguntó Ned en susurros.

—**A lo mejor te extraña.**

—No digas bobadas, **Slime**. Jemima me odia. Tal como yo la odio a ella. Anda, acerquémonos un poco más.

La **burbuja de slime** rodó por encima de una ramita que se partió en dos con un crujido.

¡CREC!

El ruido puso a Jemima en guardia. La niña se levantó de un brinco y lanzó una patada a ciegas. El golpe fue tan fuerte...

¡ÑACA!

... que Ned y **Slime** salieron disparados hacia arriba.

—¡CACHIS! —gritó el chico.

Mientras bajaba dando tumbos en el aire, Ned comprendió que su plan no estaba saliendo según lo previsto.

—¡**SLIME**! —gritó—. ¡AYÚDAME!

Slime estaba bastante más arriba que él.

—**¡NED, NO TE ALCANZARÉ A TIEMPO!**

—¡¡¡ARGH!!! —gritó el chico.

Iba a desplomarse sobre su hermana.

Capítulo 30
PARA SIEMPRE

Entonces ocurrió algo maravilloso. Jemima lo atrapó en sus brazos.

—¡UF! —exclamó la niña—. ¡NED! ¡Qué contenta estoy de haberte encontrado!

Ahora que estaban cara a cara, Ned vio que su hermana tenía lágrimas en los ojos.

Mientras tanto, **Slime** aterrizó un poco más allá.

¡CATAPUMBA!

Y empezó a rodar en dirección a los niños a través de los imponentes árboles del bosque.

—¿Por qué llorabas, Jemima? —preguntó Ned.

—¡Estaba preocupada por ti! —contestó la niña, sosteniendo a su hermano en brazos.

—¿Por mí? —el chico no salía de su asombro.

—Sí, por ti. Siento mucho haberte hecho huir de casa.

—Bueno, siempre te has portado fatal conmigo.

—Lo sé. Pero nunca fue mi intención que te fugaras. Cuando lo hiciste, me di cuenta de lo mucho que te...

—¿Lo mucho que me qué? —preguntó Ned. ¿Sería capaz Jemima de decir la palabra mágica?

—... aprecio.

—Creía que ibas a decir «lo mucho que te quiero».

—Por algo se empieza... —replicó Jemima.

—¡Me vale! —exclamó Ned.

—Eres mi hermano pequeño y debería cuidar de ti, no hacerte bromas pesadas.

—¡Menos mal! —dijo Ned, aliviado—. Pero ¿qué hacías escondida en el bosque?

—Llevo buscándote por toda la isla desde que salió el sol. El bosque era mi última esperanza y me desesperé porque se hacía de noche y pensaba que te había perdido... para siempre.

En ese momento, **Slime** se acercó rodando.

¡TRACA, TRACA, TRACA!

—**¡Hola!** —saludó.

—¡AAARRRGGGHHH!

—gritó Jemima—. ¡Esa cosa habla!

—No tengas miedo —dijo Ned.

—**Soy bastante amistoso** —añadió **Slime**.

—¡Pero me diste una patada en el trasero! —replicó Jemima.

—**Ah, es verdad** —reconoció **Slime**—. **Cuánto lo siento.**

—Debo decir que me lo merecía —apuntó Jemima—. Pero ¿quién eres?

—¡Soy Slime!

Jemima alargó la mano y tocó a la extraña criatura.

—Sí, la verdad es que pareces hecho de **slime** —dijo.

—**Slime** surgió cuando mezclé todas esas cosas asquerosas que habías metido en frascos —le explicó Ned.

Jemima quería que se la tragara la tierra.

—¿Así que descubriste mi pequeño... plan?

—Exacto —contestó el chico.

—Ay, no —dijo Jemima.

—Ay, sí. Pero gracias a ti hice un buen amigo y viví una aventura inolvidable.

—No hay mal que por bien no venga, supongo. ¿Dónde han estado? —preguntó Jemima.

—Volando por toda la isla —contestó Slime—. Reparando ofensas.

—Pues a mí también me gustaría reparar una ofensa —dijo la niña—. Ned, lo siento mucho.

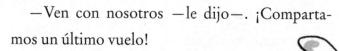

El chico sonrió y rodeó a su hermana con los brazos.

—Ven con nosotros —le dijo—. ¡Compartamos un último vuelo!

—¿De verdad? —preguntó Jemima.

—¡Pues claro! —contestó el chico, tomándola de la mano—. ¡Por favor, **Slime**, sobrevolemos la isla una vez más!

—**Con mucho gusto** —contestó **Slime**.

Entonces recogió a los dos hermanos y echó a volar. Se había convertido en un magnífico dragón **gelatinoso**. Ned y Jemima se aferraron el uno al otro, y allá fueron montados en el dragón, sintiendo el batir de sus alas debajo de los pies.

Capítulo 31
EL ÚLTIMO VUELO

Juntos, Ned y Jemima sobrevolaron toda la **ISLA DE ESTIÉRCOL**.

Pasaron por encima de la escuela, donde los alumnos salían en tropel del edificio, riendo y haciendo bromas. Los niños saludaron a los tres amigos desde abajo.

—¡GRACIAS, NED! —gritaban.

El chico los saludó con una gran sonrisa.

Después sobrevolaron el parque.

Para sorpresa de Ned, había un grupo de niños jugando a la pelota en el césped.

El chico no cabía en sí de contento.

—¡GRACIAS! —les dijo.

Luego sobrevolaron la juguetería. Cerca de allí, varios niños se divertían con sus juguetes nuevos.

—¡NED, ERES EL MEJOR! —exclamaron.

Montado sobre el dragón, el chico hizo una pequeña reverencia.

—¡Qué hermano más popular tengo! —exclamó Jemima, orgullosa.

—¡Ve acostumbrándote! —repuso Ned—. ¡Ja, ja, ja!

Entre risas, los dos hermanos sobrevolaron el puesto del mercado donde trabajaba su madre y la saludaron.

—¡MAMÁ! ¡MÍRANOS, ESTAMOS AQUÍ ARRIBA!

La pobre mujer perdió el conocimiento y cayó sobre una caja de pescado, como haría cualquiera si viera a sus hijos volando enima de un dragón hecho de **slime** (o **slagón**).*

Ned y Jemima pasaron volando al ras sobre el barco pesquero de su padre, que justo en ese momento entraba en el puerto.

—¡PAPÁ, MIRA!

El hombre estuvo a un tris de caerse por la borda.

—¡AHÍ VAMOS! —exclamó Ned.

---

* Esta, mira nada más, no sale en el **Walliamsionario**. Que alguien le diga a ese bobo de Walliams que su diccionario está incompleto. Este..., un momento, acabo de recordar que yo soy David Walliams. ¡Rayos!

Había otra embarcación saliendo del puerto, un carguero de la policía.

Los adultos más detestables de la isla —Iracundo, los gemelos Envidia, Fanfarrón, Holgazana y los Glotón— iban en cubierta, encerrados en celdas, golpeando las barras y desgañitándose.

—¡NOS LAS PAGARÁS!

—gritaban a coro.

—¡HASTA NUNCA, MUGROSOS! —respondió el chico.

—¡JA, JA, JA! —se reía Jemima mientras **Slime** remontaba el vuelo y se perdía más allá de las nubes.

Finalmente, volaron en dirección al sol poniente, el broche de oro al día más extraordinario que había conocido la **ISLA DE ESTIÉRCOL.**

¡ZAS!

Jemima se agarró con fuerza a su hermano rodeándole el pecho con los brazos. El chico se volteó a medias y le sonrió. No hacían falta palabras.*

Al rato, volvieron los tres al claro del bosque y aterrizaron junto a la silla de ruedas de Ned.

Slime recuperó su forma pegostosa.

---

* Y no porque me dé pereza escribirlas, conste.

—¡GUAU! —exclamó Jemima con una sonrisa radiante.

—¿Verdad que sí? —dijo Ned—. ¡GUAU!

—Así que mi hermanito pequeño es una especie de superhéroe...

Ned se echó a reír.

—¡Ja, ja, ja! ¡Supongo que sí! Pero ¿sabes qué? No quiero ser un superhéroe, sólo quiero ser yo mismo.

Dicho esto, el chico se bajó por última vez del cuerpo de **Slime** y se acomodó en su silla de ruedas.

—¡Ya la extrañaba! —exclamó—. No es tan blanda como el **slime**.

—Bueno... —empezó **Slime**—, parece que mi misión ha llegado a su fin. Debo despedirme de ustedes, por más que me duela.

Los dos niños abrazaron a la gran masa gelatinosa.

—¡Gracias, **Slime**. Nunca te olvidaremos —le aseguró Ned.

—¡Partiré en busca de otros niños que necesiten mi ayuda para darles una buena lección a los adultos!

—¡Qué afortunados! —dijo Ned.

—Cuídense mucho el uno al otro.

—Lo haremos —contestaron los hermanos al unísono.

Al instante, **Slime** se transformó en miles de pequeños pegostes que salieron disparados hacia arriba, sortearon las copas de los árboles y subieron hasta el cielo. Allí se quedaron flotando unos segundos, hasta que de pronto se dispersaron en todas las direcciones.

¡*Z A S* !

¡*Z A S* !

¡*Z A S* !

Pronto **Slime** estaría en las manos
de niños de todo el mundo.
Niños como tú.

EPÍLOGO

—**C**reo que llegaremos a casa a tiempo para la cena —dijo Ned.

—¡Y mañana es tu cumpleaños! —recordó Jemima.

—Lo sé. ¡Nada de sorpresas, por favor!

—Tranquilo... —dijo la niña entre risas—. ¡Te prepararé un baño!

Ned se le quedó mirando fijamente.

—**¡Con agua!** —añadió la niña.

—Mmm... ¡Casi te creo!

Ned empezó a girar las ruedas de la silla y Jemima se dispuso a empujarla.

—Deja que te ayude —dijo.

—No hace falta. De hecho, ¿por qué no te subes?

—¿Estás seguro?

—¡Claro! ¡Este cacharro es genial! ¡Te enseñaré de qué estamos hechos mi silla de ruedas y yo y qué podemos hacer!

—¡Qué padre! —contestó la niña, subiéndose a la barra trasera de la silla.

Ned agarró velocidad.

¡TRAS, TRAS, TRAS!

En menos de lo que canta un gallo, habían salido del bosque y avanzaban a toda velocidad por una carretera secundaria.

¡Ned hasta levantó las ruedas delanteras para ir sin manos!

—¡ME ENCANTA! —exclamó Jemima.

—¡Pues aún no has visto nada!

Y entonces empezaron a dar vueltas y más vueltas, como si estuvieran en un carrusel.

¡ZUM, ZUM!

Mientras bajaban cuesta abajo a toda velocidad,
los dos hermanos gritaron al unísono:

—*¡ABRAN PASO, QUE ALLÁ VAMOS!*

FIN

¡Aquí tienen una isla de regalo para recortar y guardar!

La increíble historia de el slime gigante de David Walliams
se terminó de imprimir en julio de 2021
en los talleres de
Impresora Tauro, S.A. de C.V.
Av. Año de Juárez 343, col. Granjas San Antonio,
Ciudad de México

31901067258196